JN306536

DARIA BUNKO

万華鏡ドロップス

弓月あや

ILLUSTRATION 明神 翼

ILLUSTRATION
明神 翼

CONTENTS

万華鏡ドロップス 9
蜜愛ドロップス 241
あとがき 254

この作品はフィクションです。

実在の人物・団体・事件などに一切関係ありません。

万華鏡ドロップス

車の後部座席で丸まって横になる凪《なぎ》は、幸福な気持ちで眠っていた。

英国の道路を走る、深緑の小さな車。これは父の宝物で、普段は触らせてもらえない。その車に乗せてもらって、凪はとても興奮した。

まだ九歳の男の子だから、車には興味があるし大好きなのだ。

今日は日曜日。両親が遊びに行こうと言ってくれた。仕事に忙しい二人は普段、凪のことを構う時間がない。朝、早くに出かけて夜、遅くに戻る毎日だから。

だから今日は一緒にいられると聞いて、嬉しかった。さっきまでレストランで、皆でおいしいご飯を食べて、お腹いっぱいだ。

いつもならお金がかかるからと、入ることも許されない店。その店で好きなものを食べていいと言われ恐る恐る注文すると、父が「遠慮しないで、もっと頼め」と言って、どんどん注文してくれた。お店の人は優しく親切で、とても幸せな気持ちになれた。

父は、いつもの作業着ではなく、きちんとプレスされたシャツとズボンを着ていて、かっこいい。母は普段きつく結わえている髪をほどき、肩に流している。淡いピンク色のワンピースは、少女のように愛らしい。

父はレディに接するみたいに母のためにドアを開けてやり、席に座るときも椅子を引いてあげていた。そんな父を見て母は恥《は》ずかしそうに頰《ほほ》を染め、微笑んでいる。

こんなにかわいい母を、凪は初めて見た。

おいしくて楽しい食事を終えたあと、凪は生まれて初めて動物園に連れていかれた。ライオンやペンギン、それにシロクマを見た。手の長い猿や大きなシマウマも、きれいな羽を持つ大きな鳥たちも。なにもかもがかわいくてめずらしくて、とっても楽しかった。

なにより嬉しかったのは、父と母が笑っていたのだ。

いつもは喧嘩ばかりして、怒鳴り合う両親。お互いに悪態をつき同意を求めるけれど、黙っている凪を、二人はまた怒る。

でも凪は父も母も大好きだから、どちらかだけの味方なんてできない。どんなに怒ってばかりいても、両親を愛する気持ちに揺るぎはなかった。

いつもは険悪な父と母が、今日は仲よく手を繋《つな》いだり、歩きながら軽くキスしていた。そんな二人を見ていると、凪まで気持ちが弾んでくる。

「お、万華鏡《まんげきょう》だ。懐かしいな」

小さな売店で父が見つけたのは、筒形の玩具《おもちゃ》だ。覗《のぞ》いてみてごらんと言われ従うと、目の前にキラキラ輝く情景が広がった。

「わぁ……っ！　すっごい！」

「中身はオイルとビーズを三角の形をした鏡に映す、単純なものだ。だが。きれいだな」

父はそう呟《つぶや》くと突然、「よし、買ってやるよ」と言い出した。

凪がびっくりしていると、あっという間に会計を済ませてしまった。父が玩具を買ってくれるなんて、初めてだ。いつも、お金がないからと言って、見向きもしないのに。

「ほら、ちゃんと持っていろよ」

父はきれいに包装された紙袋から万華鏡を取り出すと、無造作に凪に手渡してくる。そのとき、なんとも言いがたい違和感があった。

なんだろう。なにが違うのだろう。

いつも苛々《いらいら》している父が、機嫌いいからだろうか。それとも、こんなふうに玩具を買ってくれたからだろうか。普段とは違う、きれいな恰好《かっこう》をしているせいだろうか。

どうしてだか、説明できない不一致。

別に苛立っている父が好きなわけじゃないけど、いつもと違うのは変な感じ。

「なんだ？　いらないのか？」

差し出された万華鏡を、いつまでも受け取らない凪を不審に思ったらしい。首を傾《かし》げている父に、慌《あわ》てて笑顔を作った。

「嬉しい！　お父さん、ありがとう！」

はしゃいだ声で礼を言った凪を、父は目を細めて見ている。その視線が、くすぐったい。

変な感じなんて、ただの思い違いだ。

父は楽しそうにハミングしながら、母と笑っている。こんなに穏やかな二人は初めてだ。そう考えたとき、閉園のチャイムが流れた。凪たちも車に乗って動物園をあとにした。

ちょっと疲れてしまったので、後部座席で横になり大きなあくびをした。心地いい疲労感。両親が和やかにしていたのが、なにより嬉しい。

今日はすごく楽しかった。

いつも、こうだったらいいのに。

こうやって家族みんなで笑って過ごしたい。喧嘩ばかりしないでほしい。

大切な万華鏡を抱きしめて、むにゃむにゃ眠る凪の耳に、両親の話し声が届く。低く抑えた声なのは、凪の眠りを妨げないためか。

「楽しかったな。子供に戻ったみたいだ」

「……ねぇ、凪は置いていきましょうよ」

「置いていって、どうする」

母の低い呟きを聞いたとたん、父の声が鋭くなる。凪の身体が無意識に震えた。

「こんな子供を、英国に残すほうが不憫《ふびん》だ。俺たちは日本に家族がいないから、施設をたらい回しされるのがオチだよ。三人ずっと一緒にいよう。それとも、お前と凪だけ降りるか。それなら、すぐそこで降ろしてやるぞ」

「嫌よ。病気で苦しみ身体が曲がって、もがきながら死ぬのよ。そんなの真っ平」

病気。死。なんの話だろう。

『嫌だわ、風邪かしら』そう言って、母は病院に行ったけれど、すぐに帰ってきた。帰宅して、ずっと黙っていた。心配する凪を抱きかかえ虚《うつ》ろな目をしていたけれど。

「俺が治療費を工面できないのが悪いんだ。だけど借金のせいで、どこも断られて」

「お金があっても、治療できないって言われている難病よ。どうしようもないわ」

両親は、なんの話をしているのだろう。

いつもはお金のことで喧嘩ばかりなのに、今日はしんみり話をしている。

その静かな様子が、なんだか怖い。どうしてだろう。どんな怒鳴り声でも、今みたいな静かな声より、ずっといいと思うなんて。

「ずっと一緒にいよう。家族は一緒がいい。凪だけ置いていったら、きっと悲しむよ」

いやだ。

いつもみたいに大きな声で言い合いしていて。英国なんか来なければよかったとか、辛気くさい顔をするなとか、なんでもいいから怒っていてよ。

そんなふうに黙ったりしないで。

凪は二人の話が怖くて、ぎゅっと目を瞑《つむ》った。すべてのことから目を背けるように。

見なければいい。聞かなければいい。そうすれば、きっと夢になる。

なにも見ないで、なにも聞かなければ悪いことなんか起こらない。きっと。きっとそう。

また、いつもの日常に戻れる。また、口ゲンカをする両親に困ってしまいながらも、当たり前の日常に帰れるんだ。

そう願っていても、車の速度がどんどん早くなっていく。怖くて怖くて丸まってしまった凪の耳に、朗《ほが》らかな声が響いた。

「生まれ変わったら、すてきな人生よ！　一日中が楽しくて働かなくてすむ、夢みたいな日々になるの。毎日がパーティ！　流行《はや》りのドレス、溜息が出るような宝石！　間違っても貧乏じゃないし、病気なんかしない。そんな人生になるわ！」

母は後部座席を振り返り、丸まり寝たふりを続けている凪に、小さな声で囁いた。

「凪、ごめんね。……神様なんか、いなかったわ」

母の声は、いつもと同じ。でも、小さく震えている。――――涙だ。

「神様がいたとしても、お金持ちのところにしか来ないのよ。貧しい日本人には、お情けをかけてくれないわ。どんなに必死で祈っても願いは叶わないし、病気も治してくれない。貧乏って損ばっかり。……不公平よねぇ」

母の静かな声を聞いていると、冷や汗が凪のこめかみを伝う。

なぜ、ぼくに謝っているの。

なぜそんな細い声を出すの。

どうしてお父さんは、なにも言わないの。

凪の恐怖が頂点に達したそのとき。いきなり車が暴走し始めた。

「あははははは！　よし、行くぞぅ！　皆でドライブ、行き先は天国だ！」

父の大きな笑い声。母の引きつった叫び声。

加速した勢いで、凪の身体がシートに押しつけられる。必死で座席の下に転がり落ちた。そのまま頭を抱え丸まった次の瞬間。

大きな音が響いた。

とてつもない衝撃のあと、車が横転するショックと、父か母の悲鳴がした。耳を裂く大きなクラクション。砕けて歪《ゆが》む宝物だった車。買ってもらったばかりの万華鏡。

その中で凪は声も出せず黙って目を瞑り、ただ耐えた。耐えながら必死で祈った。

身体中を襲う痛みが、早く消えますように。

早く息ができますように。

頭がおかしくなりそうな大きなクラクションが止まりますように。

今すぐ目の前が明るくなりますように。

それから。それから、それから。

お父さんとお母さんが、元気な姿でありますように。

お互いを憎むみたいに罵《のの》り合い、それでも父の作業着にアイロンをかけてあげて、食事を欠かさず作ってあげる母の毎日。

喧嘩をしていても仕事で疲れていても、自分は飲まない辛いソーダを、母のために買ってきてあげる父の日常。

そんな日々に戻れますように。ううん、戻して。すぐに、今すぐ戻して。
神さま。
おねがいします。

1

「イリス様、お起きになってください。もう、二時を過ぎております」

凪はそう言うと、部屋のカーテンを開けた。天井から床まで届く厚く重いカーテンは緞帳《どんちょう》のようだが、凪は軽やかな動きで部屋の中に光を入れていく。

「……うー、ん……」

「お食事をお持ちしました。どうぞ、お起きくださいませ」

華奢《きゃしゃ》な凪は食事の載った銀の脚つきトレイをワゴンから軽々と持ち上げると、主人の寝台に近づいた。

真っ黒い髪に黒い瞳。ほっそりとした身体つきは周囲の者から「少年のよう」と揶揄《からか》われる。それが嫌で目が悪くなって眼鏡を作ることになったときは、顔が隠せる黒縁の、野暮ったいものを選んだ。欧米人から見ると東洋人は幼く思えるから、少しでも大人っぽくするためだ。

先月十九歳になったばかりの凪は従僕見習いとして、十年前から、このロンズデール伯爵邸で働いていた。

「イリス様。起きてくださらないと、せっかくのスクランブルドエッグが冷めてしまいます。紅茶もパンもスープも、冷たくしたオレンジジュースも台無しです」

凪は持っていたトレイを寝台の足元に置くと、眼鏡の縁を上げながら寝台を見下ろす。そのアイヴォリー色の毛布に包まれて、金色の髪が見え隠れしている。

「わ、かっ…。わかったから、大きな声を出さないでおくれ。頭に響く……」

「ぼくの声は大きくありません。イリス様が深酒をなさったから、頭に響くのでしょう。問題はやはり昨夜の、いきすぎた量のお酒が」

「わかった、わかりました。……凪には敵《かな》わないよ」

イリスと呼ばれた青年は凪の声に渋々と起き、寝台に座り込む。そして、気だるげに柔らかそうな髪をかき上げた。その姿は、まるで一枚の絵のようだ。

ロンズデール伯爵家の嫡男の彼は、きらきらと輝く見事な金髪をしている。光を弾くような美しさに、凪は見惚《みほ》れて言葉を失う。

だが、すぐに咳《せき》払いをすると、慇懃《いんぎん》無礼な態度で主人に向かった。

「何時まで呑《の》まれたのですか。ぼくは朝まで起きて、お待ちしておりましたのに」

嫌味たらしく言い募ると、イリスは急に真顔になって凪を見つめた。

「私はお前に起きて待っていなさいと言ったことは、一度もないよ」

真摯《しんし》な瞳の美しさに、またもや目を奪われそうだ。きらきらと万華鏡のような瞳。

見つめられると、凪はわけもなく羞恥《しゅうち》が湧《わ》いてくる。そう、恥ずかしくなるのだ。

自分の気持ちを悟られたくなくて、わざと冷たい態度を続けた。

「勝手にお待ちしているのは、職務の一環でございます。ご心配なく」

凪の唇《くちびる》から、つんつんした声が出た。使用人としては失格だ。だが、イリスと呼ばれた青年は気にした様子もない。

「凪は毎朝、お小言ばかりだ。こんなに怖い従僕は、聞いたことがないよ」

気にするどころか、どこか楽しそうにそう言うと身体を起こした。

寝台から下りたその体躯《たいく》は、伸びやかで均整が取れている。長い手足に、うっすらと見える筋肉。なにより、その容姿は際立っている。

整った顔立ちの中で目を引く、碧《みどり》の瞳だ。明るく透明度のある瞳は、宝石のようだった。細い鼻梁《びりょう》に肉厚の唇。どれもが絶妙な配置で小さな顔の中に納まっている。

(こんな寝起きでも、きれいな顔だ)

自分の起き抜けのときは、髪はくしゃくしゃ目はしょぼしょぼ。頬にはくっきりシーツの跡がついているといった惨状だ。

でも、彼は違う。ほんの少し眠たげではあるけれど、その姿は午睡《ごすい》から醒めた美神のように美しく、どこか神々《こうごう》しくもある。

またしてもイリスの姿に見惚れていると、彼はそのままバスルームに入ってしまった。気づいたのは、微《かす》かにシャワーの音が聞こえてきたからだ。

「あ、バスを使われている……っ」

これではバスルームから出る頃には、温かな食事が冷えきってしまう。すぐに新しい食事の手はずを考える。料理長はまだ厨房にいるはずだ。

冷たい食事を出したくない。彼には、おいしいものを食べてほしいから。

このロンズデール伯爵家の大切な嫡男であられるイリス。召し上がるものも身に着けるものも乗られる車も、なにもかも最上のものでなければならない。

冷めて無駄にしてしまった食事を、凪は自分の夕食にしてもらおうと思った。このきれいな食べ物が捨てられてしまうのは、あまりに悲しい。

豪奢《ごうしゃ》な屋敷にいながら質素な考えになるのは、貧しい幼年時代を送ったせいだろう。凪は自分のその貧乏じみた考えは嫌いではないが、イリスのことに関しては別だ。彼に冷えきった食事を出すなど、従僕として許せない。

「なにを思いつめた顔をしているのかな」

じっと皿を見つめて考え込んでいた凪は、不意に背後から話しかけられ、驚き顔を上げた。濡《ぬ》れた髪をタオルで拭きながら、自分を見ているイリスがいる。

「いえ、失礼しました。こちらをお下げします」

「なぜ？　下げる必要はないよ。いただこう」

「もう冷めています。今すぐ料理長に言って作り直しを」

「充分おいしそうだ。作り直しなんて、もったいないよ」

まったく気にしていないふうに言いながら、彼は躊躇《ちゅうちょ》する凪に構わず自らトレイを持つと、寝台ではなく隣室のテーブルに運んでしまった。

「うん、おいしい。凪も一緒にどう？」

とろりと柔らかい卵をフォークで掬《すく》い上げ、イリスは悪戯《いたずら》っ子のような笑みを浮かべる。魅力的な表情に凪はドキリとしたけれど、つんとソッポを向く。

「いいえ、結構です。それより紅茶だけでも、熱いものをお持ちします」

「律儀だね。では、お願いしようかな」

「かしこまりました」

下げた紅茶ポットを手に部屋を出た凪は扉を閉めると溜息をつく。

（一緒に食事だなんて、イリス様はご自身のお立場を弁《わきま》えていらっしゃらない。従僕見習いと一緒に食事だなんて、考えられないのに）

口の中でそう呟いて、また溜息が出てしまう。

（イリス様は、どれだけご自分に魅力があるかご存じないのか。いや、ご存じだからこそ、無防備でいられるのか）

何度目になるかわからない吐息がこぼれ落ちる。

一九六五年の現在、アメリカがベトナム戦争に介入し、世界が大きく揺れていた時代。ここ、英国ロンズデール伯爵家では、いつもと同じ優雅な昼下りを向かえていた。

イリス・ラウザー。第十四代ロンズデール伯爵家の嫡男であられる彼。

次代伯爵が約束されている青年と自分みたいな使用人が、同じテーブルに着くなんてありえない。凪はイリスの従僕。いや、まだまだ見習い従僕だ。

それに自分は、使用人ですらないかもしれない。凪のような出自では、世が世なら伯爵家へお仕えするのも許されないだろう。

日本人で、しかも孤児だからだ。

十年前、凪は大きな交通事故に遭遇し、奇跡的に救出された。

そのとき両親は亡くなった。目撃者によると猛スピードを出していた車は中央分離帯のコンクリートに激突したという。

そのあと、母親が治療不能といわれる難病に罹患《りかん》していたこと、父親が返済不可能な額の借金をしていたことが判明し、一家心中だろうと結論が出た。

生き残ってしまった凪は、まさに貧乏くじを引いたも同然だ。

未成年には借金の返済義務はないにせよ、両親は死んでしまい家もない。日本に帰っても親類縁者もいない。孤児院に行くしかなかったのだ。

そんな凪を、どういうわけかロンズデール伯爵家が引き取りたいと申し出てくれた。その一言で、凪は救われたのだ。

使用人として教育してくれ、そのまま雇用されて本当に助かったのは事実だ。凪にとっては地獄に仏だった。

どこにも行く当てがなかったのに、住むところと仕事をもらえたのだから。

それに、――――それに、イリスと知り合えた。

彼と出会った日のことは、忘れられない。

だって、あの日から凪の世界は変わったのだから。灰色に塗られていた世界が、いきなり溢《あふ》れる色彩で色づいたのだ。

それは父が最後に見せてくれた万華鏡の光に似た、煌《きら》めく輝き。

彼が貴族だから、幸運という意味ではない。イリスという奇跡に出会えたこと、そしてお仕えできることが、最大の幸運なのだと凪は理解していた。

「凪」

名を呼ばれて顔を上げると、執事のオーガスタが歩いてくる。彼は不愛想ではあるが、忠実な人間だ。凪は「はい、なんでしょうか」と答えて自分から近づいた。

「イリス様は？」

「お食事をなさっています。ぼくは紅茶が冷めたので、入れ替えようと思って」

「そうか。では紅茶は私がお持ちするから、イリス様にフレデリク様がいらしているとお伝えしてくれるか。今は応接の間にお通ししているとね」

「かしこまりました。お伝えします」

オーガスタにポットを預けて部屋に戻ろうとすると、「ああ、そうだ」とふたたび呼び止められた。

「イリス様に来客の旨《むね》をお伝えしたら、二階に行ってくれ。リアム様がお待ちだ」

「はい。すぐに伺《うかが》います」

凪はイリスの元に戻ると、客人の来訪を伝えた。食事を終えていた彼は立ち上がると、クロゼットの扉を開ける。

「嬉しいお客だ。すぐに着替えるから、待っていてもらってくれ」

「はい。それとリアム様がぼくをお呼びなので、伺ってもよろしいですか」

「もちろんいいよ。リアム。おお、愛しい我が弟。あの子は、また小鳥のように不安に震えているのかな。凪、どう思う?」

芝居がかった台詞に半ば呆《あき》れながら、真面目な顔で答えた。

「お会いしないと、わかりません」

「つれないね。客人は待たせておいていい。お前はリアムのところへ行ってあげなさい。あの子は繊細だから、ちょっと待たされただけでも、泣いてしまうかもしれない」

「かしこまりました」

一礼して凪が踵《きびす》を返そうとした瞬間、扉が廊下側から開かれた。

「ごきげんよう、イリス。俺の坊や！」

目の前に現れた長身の男は、フレデリク・ダドリー。リンド男爵の三男坊。

栗色の髪に琥珀色《こはくいろ》の瞳と、少し伸びた髪をうしろで結んだヘアスタイルが印象的な青年だ。

イリスの幼少時からの親友で、とても仲がいいのは凪も承知している。

痩軀《そうく》の身体つきに、シャツとズボンといった変哲もない恰好だったが、優しい印象を与える眼差しと、愛嬌《あいきょう》のある話し方が印象的な青年だった。

だが凪は、そんな気持ちなど曖《おくび》にも出さず、にっこりと微笑んだ。

「いらっしゃいませ、フレデリク様」

「やぁ、凪。ごきげんよう。今日もきみは美しい。東洋の黒真珠のようだ」

軽口を交えた挨拶《あいさつ》をすると、彼は勝手知ったる様子で部屋の中に入ってきた。

「フレデリク。私は今から着替えだ。出ていけよ」

「固いことを言うなよ。お前の裸なんか、長い同級生時代に見飽きている」

「二歳も年上のきみが、なぜ私と同級生だったか。反省したまえ」

「おお、俺の坊やはご機嫌斜めだ」

「なにが坊やだ。くだらない遊びに興じていたから落第し続けたのだろう」

「我が幼馴染みと同級生になれたのだから、留年した甲斐があったよ」

要するにフレデリクは素行が悪すぎて、二年も留年を繰り返したのだ。

イリスのきつい物言いにもフレデリクは気にした様子もなく、笑いながら椅子を引き寄せ座ってしまった。どうやら出ていく気はなさそうだし、イリスも笑いながら受け入れていた。

（仲がよろしいんだな、お二人とも）

幼い頃からの友人が、パブリックスクールに入学して、さらに仲が深まったのだ。彼らは、生涯の友人だとお互いが認め合う間柄だった。

「それでは、失礼します」

凪は頭を下げると、扉をそっと閉めた。二人の笑い合う声が、耳に心地いい。

廊下に出ると突き当りの奥に、二人のメイドが立っていた。そのうちの一人が、こちらに向かって手招きしている。

時間がないときに、なんだろう。思わず憮然《ぶぜん》としながら凪は足早に近づいた。

「なんでしょう」

「凪、もしかして、フレデリク様をご案内したのかな」

「ご案内をする前に、フレデリク様がお部屋にいらっしゃいました」

するとメイド二人は両手を取り合い、声もなく握手している。

「なんですか」

「だってフレデリク様とイリス様が、二人きりでお部屋にいらっしゃるのよ！　なんて、いかがわしいの」

「いかがわしいことは、なにもありませんが」

「今どきは男性同士の禁断の愛というのが流行っているのよ」

あくまでもひそひそ声のまま、メイドの一人が言った。頬が真っ赤だ。

「お二人は幼馴染みでいらっしゃるし、禁断の愛ではなく、普通の友情ですよ」

淡々と説明する凪の袖《そで》を、メイドのもう一人が思いきり引っ張った。

「だから、だ・か・ら！　友情が禁じられた愛に変わるって、なぜわからないの！」

「わかりません。嫌な流行りですね」

凪はメイドたちを置き去りにして歩き出した。

背後から「朴念仁《ぼくねんじん》って、いやね」とか聞こえたが無視した。そのとき顔を上げると、執事のオーガスタがワゴンを押しながらこちらへ向かってくる。

彼は廊下の奥にいるメイド二人に気づき、「なにをしている。持ち場に戻りなさい」と注意をした。二人は、さすがに執事に注意されたのがこたえたらしい。顔を真っ赤にして、そそくさと階下へ向かってしまった。

オーガスタは二人を見送ると、凪に向かって声をかける。

「お客様は、こちらにいらしているかな」

「はい。イリス様とお話しされています。ぼくはリアム様の元へお伺いしたいのですが」

凪の言葉に執事は頷《うなず》く。そして、「頼むよ」と付け加えた。

「リアム様は食事を召し上がっておられない。なにを作っても、いらないの一点張りだ。凪がお伺いすれば、お気持ちが変わるかもしれないからね」

「かしこまりました」

返事も早々に、凪はリアムの部屋へと行った。主寝室にほど近い部屋は、使用人たちが立ち入ることを極端に制限されている。理由はリアムが怯《おび》えるからだ。

「失礼します。凪です。お呼びと伺い、参りました」

大きな扉をノックすると、小さな声が聞こえる。リアムだ。

「凪、凪だけ？　他の人はいない？」

「いません。凪だけでございます」

「じゃあいいよ。入って」

そう言われ、凪は静かに扉を開けた。

目の前に立つのは、ほっそりした小柄な少年だ。名はリアム。イリスの腹違いの弟で、歳もずいぶんと離れている。彼はまだ、九歳だった。

金髪と碧色の瞳を持つイリスとは違い、リアムは栗色の髪に琥珀色の瞳だ。母親のニコールが金髪なので、この栗色の髪をリアムが一番、気にしている。

「リアム様、お食事を召し上がっておられませんね」

「うん。食べたくないから」

「なにも食べたくないのですか？　もうじき三時です。お食事が駄目なら、デザートはどうでしょう。アイスクリームやケーキなど」

その言葉にもリアムは無言で頭を横に振るばかりだ。凪は、しばし考え思いつく。

「じゃあ、凪が作るサンドイッチは？　チーズに蜂蜜《はちみつ》を垂らしたものです」

「……チーズに蜂蜜？」

「はい。甘くて、ちょっとしょっぱい味です。おいしいですよ」

「そんなの食べたことない」

「そうでしょう。これは、凪が疲れたときに食べる、秘密のサンドイッチです」

「……なんだか、おいしそう。ねぇ、それは凪が作ってくれるの？」

「作るというほどのものではありません。切って挟むだけですから」

「食べてみたい。凪が作ってね。絶対だよ」

「誓って。では、これから用意いたしますね」

「うん。早くね」

どうやら、興味があるみたいだ。そもそも九歳の子供がまともに食事をしていないなんて、おかしすぎる。

（お母様であるニコール様が、もっと気を配ってさしあげればいいのに）

ロンズデール伯爵家の、こんな豪奢な部屋で寝る幼子が不憫だと思った。英国の、特に上流階級の子弟は赤ん坊の頃から一人で寝る。だけど、リアムのように怖がりで臆病《おくびょう》な子は、誰かが傍《そば》についてあげるべきだ。

しかし、リアムの父親は十四代ロンズデール伯爵であり、母親は伯爵夫人だ。甘えられる人たちではない。

凪は厨房へ急ぐと料理長にお願いし食材と調理器具を借りて、簡単なサンドイッチを作った。料理の専門家である料理長が絶対に作らない、甘いサンドイッチ。要は、おやつだ。

そして、それを皿に載せると、ふたたびリアムの元へと走る。

部屋に到着し扉を開けると、そこには長身の女性が立ち塞《ふさ》がるようにして凪を見つめていた。リアムの母であり、ロンズデール伯爵夫人であるニコールだ。

整った顔立ちに、大きな瞳の色は深い青。白い肌に赤い唇が、とても肉感的に映る。だが長い金髪に強くウェーブを当てて背中に垂らしている姿は、伯爵夫人というよりも街中で遊んでいる女のようだ。正直なところ威厳はない。

「凪、こちらの部屋に近づくなと言ってあるでしょう」

きつい眼差しでこちらを睨《にら》むニコールは、凪を快く思っていない。理由は凪が東洋人で、孤児だからだ。伯爵家の使用人は皆、身元がはっきりしている。凪のような出自の人間はいない。

「申しわけございません。リアム様に軽食をお持ちしました」

見かねたのか、リアムがニコールの背後から声をかける。

「お母様、ぼくが凪に頼んだの。サンドイッチが食べたいって」

「こんなサンドイッチ、見たことがないわ。なんなの、これは」

きつい口調で言われたが、凪は表情も変えずに答えた。

「チーズと蜂蜜のサンドイッチです」

「そんなものを、リアムに食べさせる気だったの？　まさか料理長が作ったのかしら。信じられないわ！　今すぐ彼を呼んできて！」

ヒステリックに叫ぶのに対して凪は動じた様子も見せない。

「申しわけありません。これは料理長ではなく、凪が勝手に作ったものです。リアム様に、ぜひ食べていただきたいと思いまして」

「やめてちょうだいっ！　わたくしのリアムに、馬の餌《えさ》を食べさせる気なの？」

酷いことを言い放ち、ニコールは凪を睨みつける。

「こんなものを食べて、あなたのように醜くなったらどうしてくれるのかしら」

とんでもない言いがかりだったが、凪は頭を下げた。

ニコールは人種差別が激しいし、使用人に対する態度が厳しすぎる。

彼女自身、過去メイドとして働いていたところを伯爵に見初《みそ》められて、子を宿して結婚に至った。それなのに立場が変わったとたん、弱者を莫迦《ばか》にするようになったのだ。そのせいで使用人たちには、とかく嫌われていた。

だが、これ以上事を荒立てないためにも、ここは言われたとおりにしたほうがいい。自分のことを罵られても、どうでもいいと思っていたからだ。

「かしこまりました。それでは、こちらは下げさせていただきます」

ニコールの後ろに立つリアムが、泣きそうな顔で凪を見ている。母の暴言を聞くのがつらいのだろう。そんなリアムに、凪は安心させるように笑みを浮かべて会釈《えしゃく》をする。自分が動揺すると、彼が傷ついてしまう。この場は、取りあえず去らなくては。

そう思い、部屋を出ようとした瞬間。

「どうなさいましたか、義母上《ははうえ》」

優しい声が聞こえてきた。イリスだ。いつの間に部屋の中に入ってきたのだろう。

「使用人が不躾《ぶしつけ》なことをしたから、叱《しか》っていただけよ」

ニコールは今まで声を荒げていたのが嘘《うそ》のように、静かに答えた。

イリスはロンズデール伯爵の亡くなった前妻の子で、この家の嫡男である。後妻のニコールが産んだリアムとは、立場が違う。

「不躾？　おお、私のお気に入りの従僕は、なにをしでかしましたか。私が謝りますから、どうぞお怒りをお納めください」

イリスにこう言われてしまうと、ニコールはもうなにも言えなくなったらしい。

「え、ええ。あなたが、そうおっしゃるなら。でも、こんな栄養のないものをリアムに食べさせるのは、困りますわ」

「どれ。ああ、チーズと蜂蜜のサンドイッチだ。懐かしいな、昔よく食べた」

イリスは皿が持つ皿を覗き込むと、ひょいと一つ摘まみ上げて、口の中に放り込んでしまった。食べやすいように小さくカットされたサンドイッチは、あっという間に咀嚼《そしゃく》され飲み込まれる。

「うん、おいしい。義母上もいかがですか。甘くて、懐かしい味だ」

「……わたくしは間食しない主義ですので、結構よ」

つっけんどんに言い放ち、子供のようにソッポを向いてしまった。

だがイリスはまったく動じることなく、にこやかに微笑を浮かべた。

「それは残念。では、これは私がいただこう。リアム、きみもちゃんと食事しなさい。食べないなら、私が食べさせてあげようか」

いきなり話しかけられて、リアムは真っ赤になってしまった。

「は、はい。い、いいえ！　ぼく、一人で食事できます！」

「食べないから、皆が心配するんだよ。わかっているのかな、このベィビィちゃんは」

イリスはごく当然のようにリアムをベィビィちゃんと言った。普通の男の子ならば嫌がるだろうが、繊細な弟は顔をますます赤らめ黙っているだけだ。

イリスなら本気で、はい、あーんとやりかねない。リアムはその怖さを知っていた。いくら自宅内のことであってもロンズデール伯爵家の嫡男に、そんな真似をさせてはならないと承知しているのだ。二人は兄弟であっても、長男と次男では立場が違う。

この歳の離れた兄を、リアムは心の底では敬愛している。しかし生来の引っ込み思案な性格が邪魔をして、素直に感情を表せない。そのことを凪はよく承知していた。

「義母上、凪は私がお借りしてよろしいですか。友人が来るので、少々手伝ってもらいたいことがあるんです」

「よろしくてよ。ご友人というのは、どなたがいらっしゃるの」

「幼馴染みのフレデリクですよ。義母上もご存じでしょう」

イリスがそう言うと彼女は瞬きを繰り返し、「ああ」と呟く。

「リンド男爵様のご子息ね。ええ、存じ上げていてよ。どうぞ凪は連れていって」

「ありがとうございます。では凪、いらっしゃい」

そのままイリスに肩を抱かれて部屋を出ようとして、凪がちらりと振り返る。するとリアムがなにもかも諦めた顔で、俯《うつむ》いてしまっていた。

思わず声が出そうになった瞬間、イリスの手に力がこもる。しゃべるなという合図だ。凪は声を出すことを諦めたが、心残りだった。

だってリアムは、胸が締めつけられるような、そんな表情をしていたからだ。

□□□

「要領が悪いね。どうしてニコールに摑《つか》まっちゃったの」

部屋を出て数歩歩いたところで、イリスは声を潜めて訊《き》いてきた。

やはり事情を知っていたからこそ、あんなふうに庇《かば》いだてをしてくれたのだ。

イリスの優しい心遣いに、弱っていた気持ちがぐらつきそうになる。唇は奥歯を嚙《か》んで、泣きそうな感情を戒《いまし》めた。自分は見習いとはいえイリスの従僕。従僕は、こんなことで泣いてはいられないからだ。

「リアム様がお食事をされていなかったのです。ぼくが作ったサンドイッチなら、召し上がってくださるとおっしゃるので、大急ぎで作って戻ったら奥様がいらして」

「なるほど。それで摑まって、さんざん嫌味を言われていたのか。まぁ、いい。私の部屋に戻ろう。フレデリクもまだいるよ」

そう言われて頷いたが、気持ちはしょげていた。

せっかく食の細いリアムが、食べると言ってくれたのに。自分がもっと要領よくやれば、奥様に見つからずにすんだのではないか。

そう考えていると、気持ちがどんどん落ち込んでくる。

どうしてちゃんと、できなかったのだろう。

「凪、どうした？」

「え？」

どうしたと言われて顔を上げると、イリスが真剣な顔で自分を見つめていた。

「泣きそうな顔をしている」

そう言われて、いつの間にか歩みが止まっていたことに気がついた。凪は表情をなくしたまま、小さな声で呟く。

「……ぼくのせいで、奥様にリアム様が怒られたらと思って……」

「いや、それはないよ」

あっけらかんといった調子で言うイリスを、凪は睨みつける。

「どうして、そんなことが言えるのですか。リアム様はお心が弱いのに、奥様が感情に任せて叱ったりしたら」

「そんなことにはならない。ニコールはリアムを溺愛《できあい》している。彼女は、きみを大声で叱りつけるのは躊躇しないが、手中の珠《たま》である我が子を怒ったりしない。断言しよう」

普段は、『義母上』と呼び礼儀を尽くすイリスだったが、一歩離れてしまうと、ニコールと呼び捨てにしていた。

「イリス様は、どうして以前から奥様のことを義母上とお呼びになったり、呼び捨てになさったりするのですか？」

そう言うとイリスは形のいい眉《まゆ》を、片方だけ上げてみせる。

「いいところに気がついた。彼女は父の妻でありリアムの母だが、私とは他人だ。だからニコールと呼んでいる。彼女は私の母ではない。私の母は一人しかいない」

そう言われて、凪はイリスの部屋に飾られている、美しい女性の肖像画を思い出す。イリスの母、アメリアだ。

伝統ある侯爵家に生まれ育った彼女は、若くしてイリスの父と出会って恋をした。そして皆に祝福され彼に嫁ぎ、赤ん坊を授かった。だが生来の病弱さから彼女は十一年前、命を落としてしまう。

失意に暮れていたロンズデール伯爵の前に、メイドをしていたニコールが近づいた。彼女は出逢った瞬間から伯爵の心を摑んだ。身分違いの恋だったが若く健康な彼女は、すぐに妊娠を果たした。リアムだ。

妊娠したゆえに手に入れた伯爵夫人の座と贅沢三昧《ぜいたくざんまい》な日々を、彼女は満喫していた。

（この優美な伯爵家には似つかわしくない話だ）

凪は廊下を歩きながら、そっとイリスを見上げた。長身の彼は、いつでも姿勢よく前を見つめて歩いている。

（イリス様は、お美しい）

唐突に湧き起こる想いに、凪はそっと溜息をつく。家族に対する思慕や敬愛じゃない感情に、胸の鼓動は早く痛くなる。

でも、この気持ちをなんと表現していいか、わからない。わからないけれど、でも。

心の奥が、絞られるみたい。胸の深いところが幸せになる感じ。この微かなときめきは、奇妙な焦《あせ》りは、どうして胸に宿ったのだろう。

自分は両親を喪《うしな》ってから、感情も情緒も打ち消したくて仕方がなかった。

人は心があるから苦しいのだ。気持ちがあるから、こんなにも切ないのだ。ならば、なにも感じなければいい。

なにかを感じるから傷つく。大切なものがあるから失うまいと焦る。大事なものがなければいい。愛おしいと思う感情は邪魔だ。

だって、大切な人を失ってしまったら、もう立ち直ることができないから。

それが一家心中の生き残りという、大きな枷《かせ》を引きずっている凪が出した結論だった。

罪深い形で自らの命を絶った両親を持つ凪は、その咎《とが》を背負って、一人で生きていかなくてはならない。生き残った人が抱く負い目を、凪も感じていた。

あの事故のことを考えると身体が冷たくなる。どうして自分だけが助かったのか、どうして自分だけ生きているのか、意味がわからない。

その傷は凪の情緒も侵食し、人を愛する意味がわからない人間にしてしまったのだ。

「凪」

物思いに耽《ふけ》りそうになっていると、はっきりとした声に呼ばれて顔を上げた。

「そんな暗いところに、いつまでも立っているんじゃない」

そう言われ改めて見直すと、長い廊下の光が当たらないところに立っていた。

いったい、なにをしているのだろう。なにをしたいのだろう。

自分は、一体なんなのだろう。

「こちらにおいで。フレデリクも待っているよ」

イリスに手を差し伸べられ、ふらふらと夢遊病者のように歩み寄る。そして、その手を取った。そのとたん、ふわぁっと高揚する。

(あたたかい)

滑らかで白い肌。長い指。でも、けして女性のものではない、男らしい大きな手。

彼に手を握られていると、心の中の凍ったなにかが溶け出していくみたいだ。

自分の中で巣食っていた黒い、禍々《まがまが》しいものが消えてなくなる。そんな気がする。

「手が、こんなに冷たくなっている。駄目じゃないか」

イリスはそう言うと凪の手を取って、撫《な》でるように擦《こす》り上げた。そうされると冷たかった肌が、ほんのりと温かくなる。

「温まったね。では、部屋に戻ろうか」

そう言うとイリスは、自室に向かって歩き出した。握った凪の手はそのままだ。

「イリス様、手を離してください」

まさかこのまま、フレデリクの前に出ようというのか。困ると思って手を振りほどこうとすると、きつい力で握り込まれる。

「いいじゃないか。きみの手は冷たい。私の手は温かい。ならば手を繋いで寄り添っていたほうが、合理的だ」

「合理的？」

「そう。震えている者を温めてあげるのは、寒くない者の務めだよ」

「意味がわかりません」

そう言うと、イリスは苦笑を浮かべ、歩き続ける。

凪は温かさに包まれた自分の手を見つめ、頬が赤くなるのを止められなかった。

2

「待ち侘《わ》びたよ。お前たち、なにをしていたんだ」

部屋に戻ると快活な青年が、ぷうぷう文句を言いだした。

結局、イリスは部屋に入る前に手を離してくれて、二人はなに食わぬ顔でフレデリクの前に現れたのだ。

「すまなかった。だが、きみはメイドに声をかけたりしていたんだろう」

遠慮のない一言に、フレデリクは心外そうな顔をする。

「そりゃ、かわいいメイドさんが来てくれるなら、当然お誘いはする。男としての礼儀であり、楽しみだ。だが、お茶を持ってきたのは執事だった。残念だ。実に残念だ」

ちっとも惜しがっていないくせに、軽口だけは忘れない。それがフレデリクだ。凪は感心しながら、ぺこりと頭を下げた。

「申しわけありませんでした。粗相をして叱られていたところを、イリス様が助けてくださっていました。ぼくが至らなかったせいです」

凪がそう言うと彼は、ニコッと笑う。

「凪の助けになったのなら、イリスでも役に立ったということだね。よかった、よかった。凪、しょんぼりしないで。きみの美しい顔に、昏《くら》さは似合わないよ。東洋の神秘たる美貌に似合うのは、冷ややかな微笑みだけだ」

「ありがとうございます、フレデリク様」

東洋の神秘たる美貌ってなんだろう。疑問が頭を掠《かす》めたが、口には出さない。なぜなら、きっと面倒な答えが返ってくると思ったからだ。

「フレデリク。おしゃべりがすぎるな。紳士として嗜《たしな》みが欠けている」

どこか不機嫌さを滲《にじ》ませたイリスの声が、会話に入り込んでくる。

「おお。これは失敬」

口やかましく文句を言われても、彼は素直に謝り肩を竦《すく》めるばかりだ。

「凪にも謝らなきゃ。変なことを言ってしまって悪かったね。でも安心して。俺の好みは金髪に碧色の瞳だ」

「金髪に碧色の瞳とは、イリス様のことでしょうか?」

凪がそう言うと一瞬の間のあと、大きな笑い声が響いた。フレデリクの爆笑とは裏腹に、イリスは眉を顰《ひそ》めている。

「あっはっはっは！　俺の恋の相手はイリス、イリスか！　これは傑作だ！」

「なにが傑作だ、バカバカしい。フレデリクの理想は、どちらかというと私より、私の母だろう。母も金髪で碧の瞳で、麗《うるわ》しき美貌の持ち主だった」

イリスがそう言うと、フレデリクは両手を胸の前で組み、大きな肖像画を見つめた。

「おお、レディ・アメリア！　あの方の美しさを思うと胸が震える。親子ほど年が離れているのを気にしないでくれるなら、俺は今すぐ彼女の手を取るのに」

「母は十一年以上前に亡くなっている。手を取るのは、どうやっても無理だ」

今さらのことをイリスが冷たく告げると、フレデリクは不遜《ふそん》な微笑を浮かべる。

「お前を見ていれば、彼女の美しさは想像がつくよ。俺の坊や。黄金の髪に碧色の瞳。夢見るような面《おもて》は近寄りがたいほど美しいのに、微笑んだときの愛らしさ。彼女こそ、レディの名に恥じない、真の淑女《しゅくじょ》だ」

彼はアメリアを褒《ほ》め称《たた》えているが、その美辞麗句はイリスに向けての言葉に聞こえる。凪はそう思ったけれど、あえて無表情のままイリスに訊《たず》ねた。

「イリス様。特にご用事がないのでしたら、下がらせていただいてもよろしいでしょうか。そろそろ夕餉《ゆうげ》の時間ですので、支度を手伝いに行きたいです」

「ああ、もうそんな時間か。引き留めて悪かった。行っておいで」

ぺこりとお辞儀をして部屋を出ようとすると、二人が手を振ってくれる。もう一度、頭を下げて部屋を出たところで溜息がこぼれた。

（フレデリク様は楽しい方だけど、なんていうか……、気を遣う）

気さくで明るくて優しい彼に、こんな思いを抱くのは使用人として失格だ。

主人の大切なご友人なのだから、誠実に対応すればいい。己の分を弁えた行動をしなくては。

フレデリクと凪は友達ではないのだから。

「いけない。夕餉の支度に遅れる」

そう呟くと、凪はダイニングに向かって小走りに歩き出す。執事の指示を仰ぎ、ロンズデール伯爵家の皆様に、快適でおいしい食事を召し上がってもらうために。

自分の仕事は、この家の使用人なのだから。

□□□

両親を交通事故で喪って以来、凪は暗闇が怖かった。

瞳を閉じると、あの事故が甦《よみがえ》る。突然の衝撃と鋭い痛みと熱。頭の中が混乱して、何度も母や父の名を呼んだ。

だけど、返ってくる応えはなかった。

それから、どうやって助けられたのか覚えていない。覚えているのは、波のように襲ってくる恐怖と悲しみ。

気がついたら病院の一室で寝かされていた。身体中が痛くて熱くて寒くて、怖くて仕方がなかった。どうして自分は、ここにいるのだろう。

「凪、そちらの食器を運んでくれ」

考え事に耽っていた凪はテキパキと指示を出され、ハッと顔を上げる。

「はい、ただいま」

夕食が終わり後片付けに追われながら、凪の脳裏には過去のことばかりが過《よぎ》っていた。こんなときは、とても疲れているか神経がざわついているときだ。

（やだな）

テーブルを整えながら、嫌な予感が身体をざわざわさせる。昔の夢を見る前兆だ。

事故を再現する悪夢。生々しく、そして痛みも伴う。本当に背中を太い杭のようなもので貫かれるような痛みで目が覚めるのだ。

（嫌だな……、いやだ）

手早く用事を片付けながらも、悪夢の予感に怯える自分が愚かしいとも思う。だけど、これは心的外傷というらしい。事故で入院していたときに、医者に診断された。

「凪。今日は上がっていいよ。ご苦労様」

意味もなく燭台《しょくだい》を磨いていた凪に、執事が労《ねぎら》ってくれる。そう言われてしまうと、もう下がるしかなかった。

「はい。それでは失礼いたします」

凪は頭を下げると使用人たちが使う階段で、屋敷の屋根裏にある自室に戻った。

屋根裏といっても、使用人たちのために作られた個室だ。天井が斜めになっているのと冬の間は寒いのが難点だったが、自分の部屋があるのはありがたい。

その部室に戻ると着替えを持って、共同の浴室に向かう。浴室は三台のシャワーのみで浴槽はない。だが、一日の汚れと疲れを取るには充分だった。

他の使用人がいない時間だったので、誰の目も気にすることなくシャワーを使えた。

貧弱な身体が恥ずかしい。それに事故のときに大きな傷《きず》を負っていたので凪は、人に傷痕《あと》を見られたくないとも思っていた。

男なのだから、傷痕を見られるのが恥ずかしいなんて軟弱だという思いと、心中事件の生き残りという負い目。それらが混在した複雑な感情。

他の使用人がいないのがありがたかった。

温かいお湯で身体を流せる贅沢さに感謝しながら、凪は手早く身体を洗い浴室をあとにする。夜になると屋根裏は冷えるので、早めに眠らないと身体が凍える。

だけど、温かいお湯を浴びたばかりなのに、凪の身体は冷たかった。

夕食をとらずに寝台に入り、眼鏡を外すと固く目を瞑る。そうしていると他の使用人たちも戻ってきてシャワーを浴びたり会話をしたりしているのが、微かに聞こえた。

だが、それもしばらくの間だけ。すぐに皆、各々の個室に入り就寝の準備をする。誰もが皆、疲れている。早く安息の眠りに就《つ》きたいのだ。

凪も同じだ。走り回るようにして仕事をした。早く眠りに就いて身体を休めたい。

でも、それができなかった。

目を閉じると、意味もなく過去が甦る。ざわざわと肌が粟立《あわだ》つような思い出が、頭の中を支配していくのだ。

とうとう起き出してしまい、寝台の上に座り込む。さっきから身体が冷たくて気持ちが悪い。こんな状態で眠れるわけがない。

「イリス様……」

小さく呟くと凪は寝台から出て、そっとドアノブを回した。誰にも気づかれたくないから、音を立てないように注意しながら部屋を出る。そして慣れた様子で廊下を歩き、階段で二階へと下りた。

ここはロンズデール伯爵家の主寝室がある階だ。使用人は清掃や用事があるとき以外、立ち入ることがない。

凪は迷うことなく主寝室とは逆の部屋へと向かった。意識ははっきりしているけれど、なにか夢の中にいるみたいだ。

現実感がない、不思議な空間。

昼間も入ったイリスの部屋の前に到着する。ポケットから鍵を取り出すと、それを使う前に小さくノックをした。

とん、ととん。

ノックの音で彼が目覚めないならば、自分は元の寝台に戻ろう。

そして寒い寝床で冷たくなった手足を抱えて丸くなり、じっと夜が終わるのを待つのだ。そうだ。それが自分に相応しい。

物音がしないので、もうイリスは深い眠りの中にいるのだろう。そう判断して部屋に戻ろうと、今、来た廊下を歩き出した瞬間、背後から声が聞こえた。

「凪、なぜ入らないんだ」

そう声をかけてきたのはイリスだ。彼はパジャマの上に、長いガウンを着ている。愛用している絹《きぬ》のガウンだった。

「……お休みになっているかと思って」

「なんのために寝室の鍵を渡したと思っている。私が寝ていても、好きに入れるように、合い鍵を渡したんだよ」

イリスはそう言うと、困ったように眉を寄せて凪を見た。

「きみは、また不安になって余計なことを考えたりしたのだろう?」

いつもの凪ならば、なにかを言い返す。だけど、今はそれができない。

ただ、寒かった。

手足が千切れてしまいそうに冷たかった。一人でいたくなかったのだ。

頭の中をぐるぐると考えが回る。言い返したいのに、言葉にならない。理由もなく泣き出しそうだ。そんなみっともないことは嫌だと思った。

でも、怖かった。

この世のすべてが敵になったような、そんな怖さが身を包む。

黙っているのをどう思ったのか、イリスは手を伸ばし、固まっている凪を抱きしめた。そのとたん、お互いの衣服を通して、熱が伝わる。

体温の温かみ。生きている人間の、生命の証だった。

「もういいよ。眠ろう。私の寝台においで」

なにも考えられないまま黙って頷くと、イリスはまた強く抱きしめてくれる。

「今日はリアムのことでニコールに言いがかりをつけられたし、フレデリクも来たし疲れただろう。だから、おかしな夢を見るんだよ」

「ううん。違う。違うの」

いつもと冷静な従僕の口調とは違う、甘ったれた子供の言葉。

その不自然さを聞いても、イリスは態度を変えなかった。

「車がね、ぐるぐる回ったの」

「うん」

あどけない、子供のような声音。

イリスは痛ましそうな表情を浮かべ、凪を見た。

「大きな音がして、ぶつかった。ぶつかったの。怖かった。すっごく痛かった」

「そうか」

「クラクションが鳴って、うるさかった。頭が痛くて足と手も痛くて背中も、……身体中が痛かった。すごく痛かった」

昼間、イリスに対して利発な顔を見せていたのとは別人の、子供のように頑是《がんぜ》ない口調で話し続けた。イリスは嫌がらずに相槌《あいづち》を打つばかりだ。

「そうだね。痛かったのに、凪はよく頑張った」

「血が流れた。痛くて、……お父さんと、お母さん、どこ?」

子供のような凪の話を聞いてやりながら、冷えた身体を抱きしめる。

「凪。大丈夫。さぁ、寝台に入ろう。手も足も冷たいよ」

そう囁《ささや》かれても凪は困った顔をして、闇に向かって呟いた。

「お母さん、お父さん、……お母さん。――――お母さん……っ」

不安そうに細い声を出し、静かに涙を流す凪をイリスは強く抱きしめ、その瞼《まぶた》にくちづける。

そして細い身体を抱きかかえて寝台に入ると、毛布を肩まで引き上げてやった。

「凪。なにも考えないで。さぁ、目を閉じて」

イリスはそう囁くと今度は凪の額《ひたい》にキスを施し、その細い身体を抱きしめてやる。ぐずっていた凪は疲れたのか眠りに落ちてしまった。

その凪の髪を優しく撫でながら、イリスが悲しげな眼差しで自分を見つめていたことを、本人はまったく知る由もない。

ただ心の底から安心できる温もりにつつまれて、夢も見ずに深く眠った。

□□□

「起きてください、イリス様」

目を覚ました瞬間、薄暗がりの中で美しい顔が横に寝ているのは心臓に悪い。

「イリス様、起きて、起きてください」

「……う……、ん。凪、うるさいよ」

伸びてきた長い腕は、素早く凪の身体を捕まえて、抱き込んでしまった。その拍子に、寝乱れたイリスの、はだけた逞《たくま》しい胸元。なめらかな肌が近づく。

（は、肌が……っ）

毎朝、彼の寝姿など見飽きているのに、なにを狼狽《うろた》えているのか。

「心臓に悪い……」

思わずそう呟いてしまい、唇を手で押さえる。

麗人の寝乱れたしどけない姿に、体温が一気に上がった。凪はイリスを起こすのを諦めて、大きな溜息をつき、改めて周りを見回してみる。室内は薄暗いけれど、まぎれもなくイリスの部屋だ。

豪華な調度に、美しく生けられた溢れんばかりの花々。象牙色で統一された室内。なにより天蓋《てんがい》つきの寝台は、使用人が寝起きするものではない。

「また……、やっちゃった」

周りを見回して状況を把握した凪は、ぐったりと頭《こうべ》を垂れる。彼の部屋に押しかけて眠ったのは、一度や二度ではないからだ。

ちょっとでも不安になってしまうと、もう駄目だ。なにかうまくいかないことがあると無意識にイリスの部屋を訪れて、彼の寝台に潜り込もうとするのだ。

その癖を知ったイリスは怒りもせずに、受け入れてくれた。

『闇が怖くて眠れないなら、一緒に寝てあげるよ』

その言葉に呆然《ぼうぜん》とする凪に、彼は優しく笑うばかりだ。

『だが、寝ているところを起こされるのは、いただけない。特に凪は、小さな子供が泣いているような声で「起きて」とやるから厄介だ』

イリスはそう言って、自室の鍵を渡してくれたのだ。ただの使用人の自分に。

抱きしめられていると、胸がドキドキしてくる。

なめらかな白い肌、仄《ほの》かに香るコロン。落ち着かなくなるのも、無理はない。

思わず大きな溜息をつくと、イリスの身体が動いた。

「そう溜息ばかりつかれると、なにもしていないのに疚《やま》しい気持ちになってくるな」

その言葉に飛び起きようとすると、彼は凪の身体を強い力で抱きしめる。もがいても、まったく腕の力は緩まない。

「離してください。部屋に戻らないと、他の使用人に気づかれます」

「まぁ、別になにもないのだから、気づかれてもいいけどね」

とんでもないことを言うイリスに、凪は縋《すが》りつくような目を向ける。

「ぼくみたいな使用人とイリス様が疑われるなんて、絶対に駄目です！」

「ぼくみたいとは、どういう意味？」

「ですから、ぼくみたいな黄色人種の使用人が、明け方イリス様の部屋から出てくるなんて、いらぬ誤解を招きかねません。そんな、おぞましいこと、絶対に許されません」

「おぞましいとは、酷い言われようだね」

「もう離してください」

「私は凪が好きだよ。肌が美しく髪がとてもきれいだ。小柄なのもすてきだ。それに」

「いいから離してください！」

思わず大きな声が出てしまった凪に、イリスは形もいい眉を片方だけ上げた。

「おお、怖い怖い」

おどけた調子でそう言うと、ようやく手を離してくれる。凪は自分が、どれだけ無礼な口をきいたか気づき、真っ青になった。

「も、申しわけありません……っ」

「いいよ。しつこくしすぎたのは私だ。もう行きなさい。まだ、使用人たちも寝ているだろう。今なら誰にも見咎められない。さぁ眼鏡をかけて」

イリスはそう言うと、凪の黒縁の眼鏡を差し出した。言われてみて初めて、自分が裸眼で動いていたことに気づく。

「眼鏡をかけずに、よく躓《つまず》かなかったね」

「大丈夫です。慣れた屋敷の中ですから」

「そう。ならよかった。気をつけて戻りなさい」

凪の素っ気ない返事を聞いても、彼は気を悪くした様子もなく頷き、毛布を引き寄せて子供のように丸まってしまった。

――――でも、この喪失感に似た気持ちは、なんだろう。

本当なら解放感が先に来るはずだ。だって朝からベタベタされるのは面倒だから。

でも、イリスはなにも言ってこない。それどころか、凪に背中を向けている。その背を見ていると、不安が大きくなるばかりだ。

いつもは優しい彼だが、いつまでも優しいとは限らない。

そもそも自分とイリスでは身分が違いすぎる。こんなふうに親しく話をしたり、ましてや寝台に潜り込んだりするなど、本来ではありえないのだ。

（だって）

（だってイリス様が、抱きついたりするから）

（でも突っぱねたのは、やりすぎだったろうか。それが気に障《さわ》ったのだろうか）

（それとも、もっと別の失敗をしたのだろうか）

不安は焦りを呼び、焦燥を連れてくる。人はとかく弱くて、ほんの少しの揺さぶりにも、簡単に崩れ落ちるのだ。

「凪、こちらを向いて」

名前を呼ばれて、ハッと顔を上げる。すると、目の前にイリスの顔があった。その眼差しがキラキラして、思わず目を奪われる。

（きれい……）

碧色の大きな瞳は、夢見るように潤んでいる。

（この瞳をいつも宝石のようだと思っていたが、そんなありきたりな言葉では言い表せない）

そうだ、この人の瞳は、万華鏡だ。

以前も思ったことだが、今さらながら父にもらった万華鏡を思い出す。

きらきら光る、たくさんの色。光彩。虹の呈色《ていしょく》。たくさんの色と光が弾く幻想的な美しさ。

父が死ぬ前にプレゼントしてくれた思い出のように、凪の心の中で煌めいている。永遠のようで、二度と同じ輝きは見られない奇跡。

やはりイリスは、彼の瞳は奇跡だ。

だって、こうやって見つめているだけで心が浮き立つ。どきどきする。幸福になれる。

そんな宝物を持つイリスに比べて自分は、なにもない。誰かを幸福にする宝玉を、持っていない。

自分は、なにもない。

「なんて顔をしているんだ。怒っていないよ」

そう囁かれてハッと顔を上げると、イリスは身を屈《かが》めて頬にキスをした。

「大丈夫。きみは心配しなくていい。それより早く行かないと、誰かに見られるよ」

彼の言葉には、少しの揶揄《やゆ》も含まれていない。その思いやりに、涙が出そうになる。

(また変なことをしたのかな。……ああ、恥ずかしい……っ)

凪は慌てて頭を下げると、大急ぎで部屋を出た。廊下の突き当りに設置されている大きな柱時計は、四時を指している。

「いけない……っ」

凪は従僕見習い。誰よりも早く起きて、主人が快適に過ごせるようすべてを手配する仕事。

そして凪が仕えるのは、この豪華なロンズデール伯爵家ではない。イリスだ。

伯爵家なんか本当はどうでもいい。いいや、自分のことだって、どうでもいい。ただ大事なのはイリスのことだけ。

不安でどうしようもない夜、抱きしめて寝てくれた優しい人だけが、凪にとっての世界に等しいものだった。

3

朝食のために用意された席に着いたのはイリスと、めずらしいことにリアムだ。今朝は勇気を出して、朝食の席までやってきたらしい。

凪が給仕しながらリアムに会釈をすると、彼は嬉しそうに微笑んだ。しかし、ニコールの顔は見えない。彼女が朝食に姿を見せないのは、めずらしいことではなかった。

「今朝も、ニコールはいないのだね」

イリスがそう言うと、リアムはこっくり頷いた。

「お母様はゆうべ遅くに出かけられて、まだお戻りじゃないから」

リアムの言葉に沈黙が流れる。伯爵でありイリスたちの父ヘンリーは、昨年の末から体調を崩している。その夫を放って、伯爵夫人であるニコールが外泊をしていたとは。

さすがにイリスも、眉を寄せている。幼い子供の嘘がない言葉は、部屋の中の空気を凍らせてしまった。部屋の隅に控えている執事もメイドたちも、居心地が悪そうだ。

そんな雰囲気を払拭《ふっしょく》したくて、凪はわざと明るい声を出す。

「イリス様。これからご主人様に朝食をお持ちするのですが、ご一緒にいかがでしょうか。お一人の食事はお淋しいと思われますので」

「それはいい考えだね。では朝食の準備を頼むよ」

イリスはそう言って口元をナプキンで拭い、リアムも誘ってみる。

「リアムも一緒にどうだい。きみも父上にお会いするのは久々だろう。きみが来てくれれば、父上もお喜びになるよ」

だがリアムはその言葉に、頭を振るばかりだ。

「ううん。ぼくが行くと、お父様のご気分が悪くなるから」

「そんなことはない。父上は子供が好きでいらっしゃるよ」

「……ううん……。小さな子供はお好きでも、ぼくのことは好きじゃないよ」

リアムの反応に、イリスは言葉を失ったようだ。九歳の子供の言葉ではないからだ。

その様子を見て、凪は努めて明るい声を出して話しかけた。

「ではリアム様は、朝食のトレイに添える花を、切っていただけませんか。温室の中の、一番きれいなお花を選んでください」

「花を？　でも」

「長く臥《ふ》せっておられる方を、お慰めするためのお花です。責任重大ですよ。リアム様がきれいだと思うお花を切っていただくのが、なによりものお見舞いです」

「でも、お父様はぼくが切った花なんて……」

その言葉に凪は頭を振り、優しく微笑んだ。

「リアム様が切ったお花です。絶対に喜ばれますよ」

凪がそう提案すると、俯いていたリアムの顔がパッと輝いた。

父親が自分をどう思っているか察していても、愛する人のためになにかしてあげたい。そんな優しい心を、彼は持っていた。

「じゃ、じゃあ、ぼく、これから温室に行ってくる！」

リアムがそう言うと傍にいた執事が、「私も、ご一緒いたします」と言ってくれた。部屋を出ていく二人の後ろ姿を見ながら、イリスが小さく吐息をつく。

「助かったよ、凪」

「いえ、差し出がましく口を挟んで、申しわけありません」

本来ならば嘘は言っていない。ロンズデール伯爵であるヘンリーは、ニコールが子供を授かったと聞いて、すぐさま再婚を決めた。周囲が反対する暇もなかったという。

彼はニコールの家柄や身分の差など、まったく気にしていなかった。

嫡男であるイリスを溺愛していたヘンリーだったが、それと同じぐらい、生まれ来る子を愛して大事にしてやりたかったのだ。

英国社交界もマスコミも、このときは大騒ぎだったらしい。

ロンズデール家は広大な領地と莫大な財産を所有しているし、先祖は王室ゆかりの人物もいた。そんな名門一族の当主が世間体を気にせず身の振り方を決めるのは、極めてめずらしいことだ。

それはニコールへの愛ばかりではない。新しく授かった我が子に対する愛情だ。

我が子思いだったヘンリーが、リアムを疎《うと》んじているには理由がある。それは、生まれ落ちたリアムは、伯爵と似ても似つかない容姿だった。そして、栗色の髪に琥珀色の瞳を持っていたのだ。

ニコールは自分が英国とトルコの混血だから、その影響が出たのだと言い張った、だが、これほどまでに似ていない親子は、人々の好奇心を呷《あお》る。

それゆえに、伯爵はリアムが苦手なようだ。若く美しいニコールの不貞を疑うには、充分すぎたからだ。

「摘んできたよ！」

いつも大人しいリアムが、めずらしく意気揚々と部屋に戻ってきた。手には黄色のチューリップと、青い小花がかわいらしい花束があった。

「お父様はご病気だから、強い香りの花はダメだって思ったの。チューリップなら、そんなに匂《にお》わないよね。ねぇ、凪。このお花、どうかな」

「とってもおきれいですね。黄色のお花に青い小花が散らしてあるのがすてきです。組み合わせるのが、お上手でいらっしゃる」

凪が褒めるとリアムは恥ずかしそうに微笑んだ。その様子を見て凪は、子供らしからぬ気を遣うリアムが健気《けなげ》だと思った。

こんなにも父親を愛している幼子が、触れ合えないのは不幸でしかない。

「きれいだね。では、花瓶に生けて父上に持っていくよ。リアムが選んで自ら摘んでくれた花だ。きっとお喜びだよ」

イリスがそう言うと、リアムはぱぁっと頬を輝かせる。見ているこちらが思わず微笑んでしまうような、そんな表情だ。

「お父様、喜んでくださるといいなぁ」

うっとりと呟くリアムに、凪も思わず頷いた。

誰が親とか子供じゃないとか、そんな真実はどうでもいい。

ただ、この儚《はかな》げな少年が倖せであれと、祈らずにはいられなかった。

□□□

「失礼いたします。朝食をお持ちいたしました」

軽いノックのあと、イリスは扉を開けて中に入る。その後ろから、凪が銀のワゴンを押しな

がら続いて入った。部屋の中はまだカーテンが引かれたままだ。

「父上、失礼します」

寝台に身体を起こして座っていた伯爵は、物憂《ものう》げに顔を上げる。イリスの父、ヘンリーだ。

早朝でも髪を整え背を伸ばし座っている姿は、とても体調を崩しているとは思えない。

「イリス、お前が私の朝食を配膳するとは驚いた。晴天の霹靂《へきれき》だな」

「お言葉ですね。本日は私の従僕の提案で、父上に朝食を運んで参りました」

「従僕とは凪だな。おお、凪。お前に会うのは久しぶりな気がする」

気さくに声をかけられて、凪は頭を下げる。

「ご主人様、お起きになられて大丈夫でしょうか」

「大丈夫。今朝は、とても気分がいい。それにしても、凪は相変わらず細いな。ちゃんと食事はしているのかね」

ぐっさりくることを言われたが、凪は表情を変えることなく、お茶の支度を続けた。

「すてきな花だね。気持ちが明るくなる」

テーブルに生けられた花を見て、伯爵が目を細めた。花が大好きな彼には、嬉しい贈り物だったようだ。

「リアム様が、お父様をお慰めしたいとおっしゃって、切ってこられました」

ごく当たり前に言った凪に、伯爵は眉を寄せる。

「……すまないが、少し香りが強いようだ。下げてもらえるか」

たった今まで気に入っていた花でも、リアムの名を出したとたん、下げろと言う。そんな伯爵に凪はなにも言えなかったが、イリスは違った。

「リアムは臆病な子で、屋敷の中でも部屋から出られないぐらい消極的な子供です。ニコールの囲い込むような育て方が原因ですが、私たちにも責任はあると思います」

「リアムが引っ込み思案な子になった原因が私たちにある？　どういう意味だ」

「我々が常に腫《は》れ物に触るようにして、あの子に接してきたという意味です。彼はとても利発で繊細で優しい子だから、自分がどう思われているか敏感に察知しています」

「腫れ物、か」

「リアムは孤独です。まだ九歳になったばかりなのに、世界のすべてが恐ろしい。母親はベタベタと愛情を示しますが、愛というより虚飾のためでしょう」

「虚飾とは、どういう意味だ」

「伯爵夫人である証明、そのための虚飾とでも言いましょうか。少なくとも、リアム個人を愛してはいないでしょう」

イリスの言葉は辛辣《しんらつ》なものだったが、思い至るところがあるのか、伯爵は無言になった。膝《ひざ》の上に乗せられたトレイを指して凪に「すまないが、下げてくれ」と呟く。

「少々、気分が思わしくない。横になるから食事を下げてくれないか」

そう言って俯く伯爵のために凪はトレイを下げ、毛布を引き上げてやる。

「こちらのお花は、お下げいたしましょうか」

凪の言葉に伯爵は美しく生けられた黄色と青の花を見た。その目は険《けわ》しい。だが、花は逆光を浴びて、とても美しかった。

清らかに咲くその姿は、まさしくリアムそのもののように凪には見える。そして、そう見えたのは伯爵も同じだったようだ。

「いや、……やはり、花はそのままでいい」

低い声を聞いて、凪は涙が出そうになる。

父に嫌われていると思い込み、それでも慰めの花を切るリアムと、若い妻の不貞を予想しながらも、それでも幼子に対する愛情を持つ伯爵と。

どちらの思いも、やるせなく悲しい。

それは凪だけの思いではなく、イリスも同じようだった。彼は凪と共に部屋を出ると、言いようのない思いを呑み込んでいるように見える。

大事な父と、かわいい弟と。

たとえ義母の不貞ゆえに生まれた子供だとしても、ずっと傍にいれば愛情は湧く。人間の感情は不思議なものだ。たとえ血が繋がっていなくても、愛情は育くまれるのだから。

「……部屋に戻るよ」

「はい」

静かなイリスの声に凪は頷いた。そうだ。今日はもう静かに過ごすのがいい。そうすれば、人の気持ちは落ち着く。きっと、いい方向へ動き出す。

根拠もなくそう思いながら、凪は自分を納得させた。いや、納得せざるをえなかった。

だが、事態は予想することができなかった方向へと転がり始めていた。

悪いほうへ。醜悪なほうへと。

□□□

イリスの父でありロンズデール伯爵であるヘンリーの病状は思わしくなかった。病名は、ただ内臓疾患とだけ伝えられ、とうとう検査入院を余儀なくされる。

入院当日の日も、大げさにしたくないと伯爵自身の意向があった。それゆえに家族や執事の付き添いを断り、小間使い一人だけを付き添わせた。

ニコールもイリスも、ましてやリアムも付き添わない入院だ。伯爵家当主としては質素だ。

「ご主人様は、もう病院にお着きになられたでしょうか」

お茶の支度をしながら凪が言うと、椅子に座っていたイリスは頷いた。

「そうだな。もう到着された頃だろう。今回の入院が、早く終わればいいが……」

　窓の外を見ながら呟く姿は、どこか淋しげに見える。父ヘンリーが不在なのは、やはり心淋しいものなのだろう。病気で臥せっている期間が長いとはいえ、家長がいない家というのは、活気なく映ると凪は思った。

「ご主人様が早くお戻りにならないと、使用人どもにも活気がございません」

「言うね。父がいなくても、私がいるだろう」

「ああ、そうですね」

　気のない返事をされてもイリスは気にした様子もなく、微笑を浮かべていた。

「凪は憎まれ口をきいていても、かわいいなぁ。いっそ、我家の養子にしようか」

「は？」

　ものすごく嫌な顔をしてイリスを見ると、彼はとうとう吹き出してしまった。

「なぜ、そこまで嫌な顔をするんだ。伯爵家は不服かい？」

「ぼくのような得体の知れない東洋人を、当家のように格式と歴史のあるお家に養子だなんて、絶対にありえません」

「ありえないことはないだろう。それに人種など関係ない。むしろ、そんなことに拘《こだわ》ること自体がナンセンスだ。先日もヴェーニ男爵家で迎え入れた青年は、黒人だ」

　イリスの言葉に凪は黙った。確かに男爵家の養子の話は、社交界でも大きな話題になったからだ。だが、そんな縁組がうまくいくはずがないと、誰もが危惧《きぐ》していた。

「ぼくは絶対に伯爵家の養子などになりません。絶対にです」

そう言い放つと凪はお茶の支度を続けた。話をしている間に、茶葉が開きすぎてしまうと台無しになってしまう。

「お待たせいたしました」

美しいカップに注がれた鮮やかな紅茶を見て、イリスは目を細めた。

「すっかり給仕も板についた。もう見習いから従僕に移ってもいいだろう。オーガスタには私から言っておこう」

「ぼくなんて、そんな」

「従僕となれば屋敷の雑用も免除されるし、私の面倒だけ見ていればいい」

その思いやりに、またしても胸が弾む。こんな何気ない一言は、イリスにとって当たり前のことであるのに。一喜一憂するのは馬鹿らしいとわかっているのに。

でも。……でも嬉しさだけではない、この胸のときめきはなんだろう。

「ありがとうございます。心してお仕えいたします」

改めてそう言うと、イリスは片方の眉だけ上げてみせた。ちょっと照れているのだ。

こんなふうに、ずっと彼の傍にいられたら。

一生なんて言えるわけもないけれど、少しだけでも傍にいたい。

どうしてこんなに彼が大事なのか、震える想いは、なんなのか。自分でもわからない。

でもイリスが結婚したとしても、変わらない。この身がある限り、彼にお仕えしたい。……見守っていたい。

「うん。凪の淹《い》れたお茶はうまい」

そんなことを言ってくれる彼に、頭を下げた。本当は飛び跳ねたいぐらい嬉しいけれど、そんな感情は表にも出さない。

だって恥ずかしいから。

だって嬉しい感情は、自分一人で大切に取っておきたいから。

「もう一杯いかがですか」

「いいね。いただこう」

イリスがそう返事をした瞬間、慌ただしげなノックの音が響く。

凪が扉を開けようとすると、廊下側からいきなり開け放たれた。廊下には、オーガスタが立っている。普段、このような無作法を絶対にしない実直な執事は、戸口に立つ凪に声をかけることもなく部屋の中に入ってきた。

「お寛《くつろ》ぎのところ、申しわけございません。イリス様、ご主人様が入院されている病院から連絡が入りました」

その一言にイリスは立ち上がり、ものも言わずに部屋を出ていった。けして大きな音を立てない彼だったが、そのときは靴音が高く響いたのが凪の不安を煽《あお》る。

凪は慌てて二人が向かった方角に足を進めると、彼らは固定電話が設置されている部屋に入っていった。その閉ざされた扉の傍には、リアムがポツンと立っている。

固唾《かたず》を呑む思いで耳を欹《そばだ》てているのだ。

「リアム様、そんなところで、どうなさったのですか」

「あ、凪……っ」

彼はぱっと顔を上げると凪のところに駆け寄り、不安そうな顔をする。

「……まさかイリス様が、入るなとおっしゃったのですか？」

「ううん。にいさまは入れと言ったけど、ぼく、怖くなってしまって」

人よりも繊細なリアムは、この雰囲気になにかを感じ取ったのかもしれない。だが凪は平素の表情で頷いた。

「ご主人様が入院されている病院からの急な連絡なんて、びっくりしてしまいますよね。イリス様が対応されていますから大丈夫ですよ。あの、ニコール様は」

「お母様はお友達に会うっていって、お出かけになった。どこに行ったかは知らない」

リアムの言葉に、凪は眉間《みけん》に皺《しわ》が寄ってしまった。

夫であり、この館の主人であるヘンリーが入院したのだから、付き添うのが妻の務めだろう。それなのに遊び歩いているとは。

黙ってしまった凪に、リアムはそっと身体を寄せてくる。

「イリス様。車の準備が整っております」

執事が静かな声で告げた。その後ろにメイドたちが並び、イリスとリアムの外套《がいとう》を用意している。彼はそれに頷くと、ようやく立ち上がった。

「すまない、取り乱した。では病院に行こう。父上を迎えに行かなくては」

「はい、にいさま」

思いがけないほど、しっかりした返事をするリアムの肩を引き寄せたイリスは、弟の手を握った。お互い、この人しか自分の家族はいないというように、きつく摑んでいる。

「イリス様、あの、奥方様は」

メイドの一人が遠慮がちに声をかけると、彼は面倒そうに頭を振った。

「放っておきなさい」

「で、ですが……」

「彼女は、どこかでまた遊び歩いているのだろう。どのみち、まだ帰宅しないさ。夕食の席にさえ顔を出せば、奥方として責任を果たしたと勘違いをしているようだから」

辛辣に言い捨てリアムと手を繋いだまま、部屋から出た。

凪は、なにもできない自分を悔しく思いながら、イリスたちが出かけるのを見守った。

気の利いた言葉ひとつ、かけてあげられない。慰めてあげることもできない。二人を送るための車も運転できない。自分は本当に役に立たないと悲しくなる。なにが従僕だ。

物悲しい気持ちで玄関先まで見送っていると、イリスが、なにかを思い出したように凪を見た。けれど結局なにも言わず、すぐに車に乗り込み、そのまま出発してしまう。

一瞬だけ目が合ったが、彼の瞳から悲しみ以外のものは読み取れず、凪は唇を噛む。

(イリス様の力になりたい)

両親を喪い大怪我をしていた凪は、病室で途方に暮れていたことを思い出した。

親もない。金もない。友達もいない。入院費を誰が払ってくれるかさえ、わからない。

その不安と、傷ついた心と身体。あの恐怖感を、言葉で言い表すことができない。

そしてなにより、なぜ自分一人が生き残ったのかという虚無感、そして罪悪感。

――凪はイリスに出会った、あのときもそうだ。

運命としか言いようがない、あの不可思議な日。

今でも覚えている。

風が吹いていた。日の光がキラキラしていた。絶望に泣いていた凪の目の前に、イリスが立っていた。そして、自分に向かって手を差し伸べてくれていたのだ。

絶望が希望に変わった、あの瞬間。

とても美しい瞳をしていた。そう。万華鏡の煌めきだ。

生きる世界が違いすぎて、本当なら逢うことなく人生が終わっていた人なのに。

彼がいたから、凪は初めて生きることを許された。そんな気がしたのだ。

今度は自分がイリスのために働こう。親を喪っているからこそ、彼の痛みがわかる気がする。だからこそ傷つき悲しむ人のために、どんなことでもしてあげる。

そのために、あの地獄を味わった。そのために、自分はここにいる。そのために。

凪が生き残ったのは、イリスのためだから。

それが、凪の存在価値であり、生きている証しなのだから。

□□□

「おかえりなさいませ、ご主人様」

無言の帰宅を果たした伯爵を、使用人たちは一堂に介し丁重に出迎えた。

ストレッチャーに乗せられた伯爵は、まるで眠っているかのように穏やかな表情だ。執事は物言わぬ主人に敬意を示す一礼をすると、使用人たちに室内へ運ぶよう命じた。

その様子を見ていたイリスは、静かな声で付け加える。

「父上はこの屋敷を、こよなく愛しておられた。まず寝室にお運びして、落ち着いていただこう。それと、こんなときだからこそ屋敷の中を暗くしてはいけない。いつも以上に明るく、花の香りがする空間にしよう」

気負うことなく命じると、イリスは使用人たちの顔を見回した。

憔悴《しょうすい》した顔の者。目を真っ赤に泣き腫らした者。口元をハンカチで押さえている者。沈痛な面持ちの者。この場にいた全員が、大切な主人を喪った悲しみをこらえている。

イリスは使用人たちに深く頷く。

「きみたちが頼りだ。……頼むよ」

「かしこまりました。どうぞお任せくださいませ」

オーガスタがそう答え、イリスに向かって頭を下げた。

明るく伯爵を迎えよう。その提案に、誰も異を唱えない。それどころか、皆が率先して動いた。嘆くよりも先に、主の帰還を祝うのだと皆が了解していたからだ。

玄関ホールは伯爵が生前好きだった花で飾り、大きな窓は開かれる。廊下の隅など、少しでも昏いところにはランプが置かれた。

レースのカーテンが、爽《さわ》やかな風にそよぐ。廊下や室内に飾られたクリスタルは、きらきら光を弾いて美しい。なにもかもが、伯爵が生前、愛おしんでいたものばかりだ。死者を迎える陰鬱《いんうつ》さなど、微塵《みじん》もない。

使用人たちが愛する伯爵の帰還を祝っていた。たとえ彼の肉体が歿《ぼっ》してしまったとしても、彼らの主人は伯爵なのだ。

物言わぬ伯爵を寝台に休ませると、イリスは皆に声をかけた。

「皆、よくやってくれた。父上もお喜びだろう。きみたちは私の誇りだ。ありがとう」

「もったいないお言葉でございます」

オーガスタがお辞儀をすると、他の使用人たちも同じように頭を下げた。伯爵を喪って誰よりもつらいのは、イリスとリアムだと知っているからだ。

「皆、少し休んでおくれ。私は一度、着替えてくるよ」

そう言って自室に戻ろうとしたイリスは、「凪、着替えを手伝ってくれ」と言って伯爵の部屋を出た。隅に控えていた凪は、慌てて彼のあとを追った。

イリスの部屋に入ると、彼はお気に入りの肘掛け椅子に腰かけていた。着替えを手伝ってくれと言われたので、その用意をしようとすると、

「凪、こちらにおいで」

イリスにそう声をかけられて遠慮がちに傍に寄る。すると、彼は座ったまま両手を伸ばして、凪を抱きしめた。

「イリス様……」

「少しだけ。すぐに立つから、少しの間こうしていて」

彼は小さな声で囁きながら、凪を強く抱きしめていた。その腕の力は強い。

「すまない。……今まで泣くことができなかったから」

凪の衣服越しに、水滴が滲むのが感じ取れた。

――涙だ。

今まで、ずっと気が張りつめていて、泣くこともできなかったのだろう。誰よりも愛していた父親の突然の逝去《せいきょ》に悲しむこともできず、幼い弟を支え、使用人たちを励ましてきたのだ。

でも、ようやく自分の部屋に戻れて、悲しみと切なさが湧き起こったに違いない。彼の悲しみが伝わってきて、凪の心の奥まで痛くなる。

イリスが父を深く敬愛しているのは、言わずもがなだ。最愛の父であり人生の師でもある大切な人が、前触れもなく亡くなったのだから、その悲しみは計り知れない。

彼は気丈に振る舞った。嫡子としての義務は遂行したのだ。

だからもう、気がすむまで泣いてほしい。

「ぼくは今、なにも見えませんし聞こえません。ですから、なにをなさっても結構です」

そう言うとイリスはちょっとおかしそうに笑い、凪の腹部に顔を押しつけた。

「そんなことを言われると、気が引けるな。乙女が純潔を捧げるようにも聞こえるよ」

ほんの少し微笑みを浮かべたが、またすぐに凪の身体を抱きしめた。

「まさか、これほど急に身罷《みまか》られるとは、想像もしていなかった」

耳に聞こえる小さな声は、どこか頼りない感じだった。

なにも言わないまま、じっとしているイリスの髪を凪はそっと撫でてみる。そして身を屈めると、その髪筋にくちづけた。

母親が子供にするような、優しいキスだ。

しばらくそのままだったイリスは、思いたったように立ち上がる。

「……すまなかった。凪の顔を見たら、気が緩んでしまったみたいだ」

「別に。今は忙しくないから構いません」

「つれないね。まぁ、きみらしいけど。さて、着替えるか」

そう言うとイリスは、シャツを脱いだ。その手伝いをしていると、脱いだシャツのタグが目に入る。伯爵も好んで着ていらした、ヘンリー・プールのものだ。

凪もイリスの使いで、サヴィル・ロウに行ったことがある。高級紳士服店が並ぶ通り。その中でもヘンリー・プールは、多くの貴族たちに愛される名店だ。

昨年末から横になっていることが多かった伯爵だったが、気分のいいときはこの店のシャツを着て、ツイードのズボンを穿《は》いていた。

姿勢よく座り新聞を読む姿は、惚れ惚れするほどすてきな伯爵様だった。

イリスが脱いだシャツを見た瞬間、今は亡き伯爵のことが甦る。

『それにしても、凪は相変わらず細いな。ちゃんと食事はしているのかね』

同じ屋敷にいながら自室で療養していた伯爵は、凪と会うのはめずらしかった。

それなのに優しく声をかけてくれるのが嬉しかった。高貴な方なのに、息子の従僕にまで気にしてくれる、優しい心遣い。思い出すだけで切なくなってくる。

そのとき、小さなノックの音が響いた。

凪が扉を開くと、驚いたことにリアムが俯きながら立っている。彼がこの部屋を訪れるのは、めずらしいことだ。

泣いていたのか目元が赤い。憔悴した小さな顔を見ると、凪の心が切なくなる。

「リアム様、どうなさいましたか」

凪は努めて穏やかに問いかけた。

「ごめんなさい。ぼく、皆のお手伝いもしないで、部屋の中に閉じ込もっていて……」

一瞬、なんの話かと小首を傾げた。

だが亡き伯爵を迎えるために、使用人たちが一丸となって準備に追われていた間、リアムとニコールは手を出さなかったことだと気がついた。

もともと使用人がやるべき仕事だし、女性や子供の手を煩わせるはずもない。だけどリアムは、気に病んでいたのだろう。

「リアム様。今日はお疲れ様でした」

「ううん。ぼく、なにもしていないもの」

この一言にイリスはなにか言いかけたが、それより先に凪が「いいえ」と言った。

「そんなことはございません」

「だって、ぼく……」

「リアム様は、ご主人様を病院まで迎えに行ってくださったではありませんか」

凪の一言を聞いて、彼は驚いて目を瞬《しばた》く。

「それにお兄様の傍にずっといて、励ましてくださった。イリス様は弟君が一緒にいてくださるだけで、とても心強かったと思いますよ」

優しい慰めの言葉に、リアムは瞳を何回も瞬いた。泣き出してしまいそうなのをこらえるみたいに。いつもは白い頬が、真っ赤になってしまっている。

その様子があまりに稚《いとけな》くて、心に迫る。

「ぼくは、つらくない。にいさまに比べたら、なにもしていないもの。ずっと大変だったのは、にいさまだよ。だって」

「リアム様だってお父様を亡くされて、おつらかったでしょう。でも、ずっと頑張ってお兄様を支えてくださった。ありがとうございます」

「どうしてお礼を言うの？」

「凪ができなかったことを、リアム様がすべてしてくださったからです」

そう。本当はイリスを支えたかった。慰めのキスをして、抱きしめたかった。でも、その役目は清らかな天使が担《にな》ってくれたのだ。

慰めの言葉に耐えきれなくなったのか、リアムは凪の腰にしがみつくようにして、抱きついてくる。凪はその身体を抱きしめた。

二人の様子を見守っていたイリスは椅子から立ち上がると、抱き合っている凪とリアムの傍に近づき、しゃがみ込むようにして弟に視線を合わせた。

「リアム。疲れただろうが、これからが大変だ」

「はい。にいさま」

リアムは凪に見せていた頼りない顔から、きりっとした目をして兄を見た。

「私たちは大切な父上を、天国にお見送りしてさしあげなくてはならない。しばらくは忙しいが、きみもロンズデール伯爵家の一員だ。できるね？」

「はい！」

リアムの返事を聞いてイリスは目を細め、その小さな身体を抱きしめる。二人の様子を見守っていた凪は、切なそうな表情を浮かべていた。

『すてきな花だね。気持ちが明るくなる』

そう言って微笑んでいた伯爵。彼のことを考えると涙がこぼれそうだが、ぐっとこらえた。

しっかりしなくては駄目だ。自分にはイリスとリアムをお助けする仕事がある。

本当は抱き合って悲しみにくれ、一緒に泣きたかった。どうしてこんな悲劇になってしまうのかと怒りたかった。

でも今は、そんなことを言っている場合じゃない。泣いている時間はない。

偉大なるロンズデール伯爵を天国に旅立たせ、安らかな眠りに就いていただくこと。微力ながら、そのお手伝いをさせていただく。そして悲しみ傷ついたイリスとリアムを、少しでもお慰めすること。

　自分のような者でも、やらなくてはならないことが山ほどある。悲しみ嘆くのは、そのあとにしなくてはならないのだ。

4

ロンズデール伯爵の突然の逝去に、死因を詳しく調べたいと申し出たのはイリスだ。

「検査で入院して、その日のうちに死亡するなんて変だ。いくら父上に持病があったとしても、あまりに急すぎる。遺体を解剖して、詳しい死因を調べよう」

だが、この提案を断固として拒否したのは、他ならぬニコールだ。

「伯爵のご遺体を解剖するですって。なんてこと！　わたくしは絶対に反対です！」

「父上のためにも、死因をきちんと究明したいのです。ご理解ください」

「いいえ！　伯爵のお身体を切り刻むなんて恐ろしい真似は、わたくしが許しません！　既に多臓器不全で亡くなったと、診断されているではありませんか！」

「しかし、父上は入院当日まで体調はよろしくなかったとはいえ、普通にお過ごしでした。それが病院に到着した直後にお亡くなりになられるなんて、不自然ではありませんか」

「伯爵は具合が悪いから入院をなさって、その日に悪化してお亡くなりになったのよ。なにも不思議なところはありません。絶対に解剖など許しません！」

このやり取りのあと葬儀が行われ、埋葬が決まった。

妻であるニコールの意見は尊重され、嫡男であっても叙爵もしていないイリスの身分は未亡人よりも下。結局、彼の要望は、叶わなかった。葬儀は伝統ある大聖堂で粛々《しゅくしゅく》と執り行われた。伯爵は丁重に埋葬されて葬儀は滞りなく終了してしまった。

葬儀の間中、イリスは真っ直ぐ前を睨みつけるようにしていた。表情は静かなものだったが、彼が憤っていたのは凪にもわかる。

なにもできない自分を歯がゆく思いながら、ただ彼を見守ることしかできなかった。

□□□

「家督をリアムに継がせるとは、どういう意味でしょう」

お茶の支度をしていた凪は、驚くべき言葉を聞いても、手を止めることはなかった。傍に立つ執事も同じだ。使用人は主人たちがどのような話をしていても、動じたり他言したりすることは許されない不文律がある。

先日の葬儀で疲れと、そして心労が出たのだろう。リアムは屋敷を離れ、別荘で療養することになってしまった。

今度の検査で異常が出たら有無を言わさず入院だと、主治医に言い渡されている。

リアムが家にいない間、ニコールは毎日のように遊び歩いていた。伯爵夫人としての自覚も、そして矜持《きんじ》もない。

この行動にイリスは当然ながら、使用人たちもが呆れていた。そんな矢先、めずらしく在宅していたニコールが、突然言い出したのは、

「病弱で繊細なリアムは、伯爵家を出て生きていけないでしょう。だから、あの子に家督を継がせてはどうかしら」

長男であるイリスを差し置いて、次男であり未成年であるリアムに爵位を叙爵させようという荒唐無稽《こうとうむけい》な提案。それは一笑に付されても、おかしくなかった。

だがイリスはニコールの話を聞いて、「なるほど」と頷く。

「お話は、よくわかりました。ですが、当のリアムが不在なのに話はできません。彼が療養を終え屋敷に戻ってきたら、また改めて話をしましょう」

「あの子は、まだ九歳。わたくしのすることに文句は言わせないわ。わたくしは伯爵夫人なのよ。夫が亡くなった今でも、わたくしの言葉には従うべきでしょう。それとも出自がはっきりしない女の言うことなど聞けないと、そうおっしゃるのかしら」

ニコールが皮肉に満ちた声で言うと、イリスはほんの少し肩を竦めてみせた。

平静な表情ではあったが、その瞳はニコールに対する嫌悪が浮かんでいるのを、凪は気づいた。

「伯爵であった父が亡くなった今も、あなたの地位は変わらず伯爵夫人です」

イリスの声はとても穏やかだが、その目は鋭い。

「そしてリアムは、あなたの保護下にある病弱な子です。それゆえ現時点では、爵位を授与させる話は尚早すぎるでしょう」

真っ当な理屈でイリスはニコールを黙らせてしまった。だが、

「彼が二十歳を迎え、この伯爵家を継いでもいいという意思があれば、正式に叙爵させることも視野に入れましょう。ですが今は、その時期ではない。以上です」

そう言い終えると彼は美しい瞳を彼女に向ける。

「お話は、これで終了です。よろしいですね？」

一方的に話を打ち切られてしまったニコールは無表情で席を立つと、振り返りもせずに部屋を出て行ってしまった。

あとに残されたのはイリスと、そして給仕をしていた執事と凪だ。

すっかり冷めてしまったお茶を目の前にしていた彼は、いつもと同じ声で凪を呼ぶ。

「お茶を入れ替えてくれるかな。ぬるい紅茶は嫌いだ」

「かしこまりました。すぐにお持ちします」

ニコールと話しているときとは、まったく違う穏やかな声音。それを聞いて安堵《あんど》しながら、凪は部屋から出た。すると、すぐに執事も部屋を出て、凪を呼び止める。

「はい、なんでしょうか」

「今さらだが、先ほどの奥様のお話は他言無用だ」

低い声で注意されて、深く頷く。

「承知しております。ぼくは用事をしていたので、お二人の会話は聞こえませんでした」

わざとらしい返事だったが、執事は満足げに頷きながらワゴンに手を伸ばす。

「お茶の支度は、私がしよう。お前はイリス様のお傍にいてさしあげなさい」

「え？　でも」

「お前も知ってのとおり、イリス様はお優しい。その方が、あのように人を突き放すような物言いをされるということは、ニコール様に対して不信感を抱いておられるからだ。そして同時に、自分の言葉に傷ついておられるだろう。……お優しい方だから」

イリスが生まれる前からこの屋敷で執事を務めていたオーガスタの言葉は、とても重い。彼は執事としての立場を超えて、本当にイリスを心配しているのだ。

「イリス様のお傍にいてさしあげなさい。今、それができるのはお前だけだよ」

言われるまま凪は、イリスのところへ戻った。室内に入ってみると、彼は窓の近くに席を移して、外の風景を眺めている。その姿は、一枚の絵のように見えた。

「イリス様。お寒くはありませんか」

膝かけを持って近づくと、彼はぼんやりと凪を見る。その潤んだ瞳は万華鏡のように光り、目が奪われそうになった。

「ああ、凪。早かったね」

「オーガスタさんがお茶の支度を代わってくださいました。ぼくはイリス様のところに戻るように言われましたので」

「オーガスタは鋭いな。さすが半世紀もの間、この邸内を牛耳《ぎゅうじ》るだけある」

くすくす笑うイリスは、どこか夢見るようだ。

「おいで」

そう言って彼は両手を伸ばしてくる。凪は極端に嫌な顔をした。すぐに執事が戻ってくるというのに、なにをしようというのか。

「そんな顔をしないで。さあ、おいで」

「オーガスタさんが戻ってくるまでの間ですからね」

「うん。わかっている」

凪が傍に近寄るとイリスは座ったまま、ぐっと抱きしめる。子供のようなしがみつき方だ。

二人共しばらくの間、無言だった。睦言《むつごと》を囁くでもなく、愛を語るでもない。ただ抱擁しているだけだ。それでもイリスは落ち着くのだろう。

そもそも二人は恋人同士ではないから、愛を囁くことなどないがイリスは凪を抱きしめるのが癖になっていた。

伯爵が亡くなったあの日から、イリスは不安になると凪を抱きしめた。

心悲しいのか不安なのか、その両方なのか。

決して泣き言を言うわけでもない。苦しそうな顔をするわけでもない。それでも彼は凪を抱きしめ、気持ちを整えるように何度も深呼吸をしていた。

しばらく抱きしめていたイリスは自分から顔を上げ、凪を見つめた。

「凪は、抱き心地がいい」

そう言われて、凪の身体がピクリと動く。イリスは自分を、ぬいぐるみと勘違いしていないか。そういえば、彼が子供の頃、大きなクマのぬいぐるみを持っていたと言っていた。名前はベアちゃん。貴族の子弟がつけるには安直すぎるネーミングだ。

「凪、急に黙り込んでどうしたの」

「なんでもございません。それより、もう、よろしいでしょうか」

「相変わらず、つれないな」

ふざけた口調ではあったが、いつもの調子を取り戻したようだ。なんとなく凪の心も落ち着いた。彼が不安な思いを抱えているのを見るのは、つらい。

「ニコールは父を愛していたわけでなく、当家の財産と伯爵夫人の地位目当てだった」

突然の言葉に、凪はほんの少し眉を顰めるが、無言のままだった。

ニコールの妊娠を知り結婚を決めた伯爵は、世間から呆れられた。

若いメイドを妊娠させて結婚した、色ボケした伯爵様だと失笑された。王室からも自粛を促されたという。

「それでも父は彼女と、生まれてくる子供を守ろうとした。生まれた子供が栗色の髪に琥珀色の瞳をしていても、父は彼女を離縁しなかった。……父がリアムを敬遠していたのは褒められることではないが、彼の苦悩を慮《おもんぱか》れば致し方がない」

両親と違う瞳を持つ病弱な子供。ニコールの奔放《ほんぽう》さ。伯爵家としての体面と誇り。伯爵は色々な重圧があったに違いない。

「父は晩年、ニコールとあまり接点がなかったようだ。体調を崩し気弱くなられているときだからこそ妻として傍にいて、夫を支えるべきなのに」

抑揚はなかったが、彼の声には怒りが感じられた。凪は彼の髪に、そっと触れる。

「ぼくはイリス様になにかあった際、お傍を離れません。どのような病《やまい》になられたとしても、ずっと一緒におります。……仕事ですから」

「これはまた辛辣な従僕だ。私が看病をされるのは、想像したくないな。でも凪が寝たきりになったら、もちろん大事にしてあげるよ」

イリスが浮かべた笑顔は、先ほどの固い表情とは違う、優しい笑みだ。

「謹《つつし》んで、ご遠慮申し上げたいかと」

「うん。眠りの森の美女みたいですてきだ。この意地の悪い従僕が、私がいなくては生きていけないなんて興奮する」

どこまでも、ふざけたことばかり。凪は心の底から呆れて、イリスから離れた。

「ぼくは回復の見込みがない病にかかったら、自死を選びますので」

そう言ってから母のことが過る。難病に罹患してしまった母は、自ら死んでしまった。

いや、もし自分が死と直面したのなら、イリスのために残った命を使いたい。この人を救うためなら、きっと自分はなんでもできる。

凪がそう思ったのと扉がノックされるのは、ほぼ同時だった。

「失礼いたします。お茶をお持ちしました」

執事の声に凪は素早く動き、扉を開けた。背後から、「莫迦なことを言うな」と呟きが聞こえた。だが、きっと気のせいだろう。

気のせいでいいと思った。

□□□

事故から奇跡的に救出された頃、凪は毎日、病室の中で泣いていた。

入院して清潔な寝台で寝ていても、すぐに自分が血まみれになった夢を見た。

自分の両手が血にまみれている。血だまりの中に倒れている人がいる。恐々と覗き見ると、凪に向かって手を伸ばす両親がいた。

『いっしょにいこう』

『ひとりじゃ、かわいそうだ。みんな、いっしょだよ。いっしょに、しのう』

「わぁぁあああああっ！」

大きな声を上げて飛び起き周囲を見て、痙攣《けいれん》するみたいに身体を震わせ溜息をつく。

心臓が早鐘のように脈打って、冷や汗が頬を伝う。事故が起きてから、昼夜を問わず眠るたびに見てしまう夢。

眠るのが怖い。

起きているのも怖い。

自分が泥の沼で喘《あえ》いでいる幻影ばかり見る。その沼の底には、たくさんの死者がいる。きっと、自分の両親もいるだろう。

両親が恐ろしい亡者《もうじゃ》になってしまった幻覚は、凪をいつまでも苦しめる。ようやく眠りに落ちても、うとうとすると悪夢に襲われ自分の叫び声で目が覚めた。

事故から何日が経ったのか、それさえもわからなかった病院での日々。不安で、心と身体中が痛くて仕方がなかった。

車が衝突したあのとき、すぐさまレスキュー隊が駆けつけ、後部座席の床に丸まっていた凪を見つけ、助け出してくれた。その大きな手が自分を救い出してくれたときも、まだ凪は両親のことを考えていた。でも。

「見ちゃ駄目だ」

誰かがそう囁いてタオルで凪の顔を覆った。でも、見てしまった。人間の終わりを。無残に散った二つの命を。

この世から逃れた二人の死にざまは、とても無残だった。彼らが夢見た来世は、とても遠いように思えた。

神さまなんて、この世にはいない。

必死でお願いしたのに。あんなにお願いしたのに。それなのに両親は死んだ。目の前に転がっていた二つの骸《むくろ》が、その証拠だ。

病室の寝台に横たわって怖い夢を見るたび、凪は自分が生きている意味がわからなかった。

死ぬってなに？　生きるってなに？

生きている理由を、誰か教えて。

そんなことを考え、ぼんやりと一日を過ごした。そんな凪を心配したのか、看護師がなにかと話しかけてくる。

「ねぇねぇ、遊戯室に行ってみない？　子供がたくさんいて賑《にぎ》やかで楽しいわよ」

そんな誘いの言葉に、ただ頭を振る。誰とも関わり合いになりたくない。

「ぼく、遊戯室より、リハビリ室に行きたい」

「リハビリ室？　朝も行ったでしょう。午後は皆、リハビリを終えて病室に戻っているから、なにも楽しいことなんかないわよ」

「ううん。リハビリしたい。早く歩きたいから」

真剣な眼差しの凪に、看護師はすぐにリハビリ室の鍵を借りに行ってくれた。そのついでに、使用許可まで取ってくれたらしい。

「じゃあ、行きましょうか」

車椅子に乗せられて辿《たど》り着いたのは、見慣れたリハビリ室だ。中に入れてもらうと、彼女は凪に言った。

「ちょっとだけ待っていてくれる？　引き継ぎのメモを渡すのを忘れてきちゃったの」

「はい」

凪は頷き、彼女が退室する後ろ姿を見送る。だが、大人しく待っているのは嫌だった。早く歩きたい。

一秒でも早く車椅子から降りて、自分の足で立ちたい。動き回りたい。

まだ九歳の凪にとって動きたいというのは、ごく当然の思いだ。その欲求に駆られて壁に取り付けられたポールを握った。

本当は患者一人で動くのは禁じられている。でも。

（ゆっくりやれば大丈夫。午前中だって、なんの失敗もなくリハビリできたもの）

リハビリテーション中に転倒したことのない事実が、凪を強気にさせていた。

ぐっと腕に力を込めて、車椅子から立ち上がる。そろそろと足を動かし、歩き始めた。

「うん。大丈夫」

床を踏みしめる感触がする。事故の際、左の太腿《ふともも》に大きな傷を負ったけれど、骨に異常はないと医者に言われている。傷が開かないように歩けばいいのだ。

(怪我していたって、ちゃんと立てるし歩けるもん。皆、大げさなんだから。歩けるって証明ができたら、もう車椅子から降りられる。自分で歩けるんだ)

だが実際の凪の足は健康な右足だけで立ち、すべての重心を置いて身体を支えていた。

左足は添え物程度でしかなく力を込めて立っているわけでない。だが、本人はわかっていない。以前と同じように起立し動いていると錯覚しているのだ。

例えば腕を切断した患者が『自分は健常だ』と思い込み、毛布を剝《は》ごうとして腕がないことに気づく。それと同じ症状が凪にも起こっていた。

自分はちょっと怪我をしただけだから、もう立って動けるという悲しい幻影だ。

そして通常のリハビリテーションならば、専門のトレーナーがついて指導してくれるが、今の凪は一人きりだ。誰の監視もなく一人で動くなど、通常ならば絶対に許されない。

だけど凪は、泣いている自分が嫌だった。立つこともできず、誰かに介助される自分が許せなかった。以前のように歩きたい。走り回りたい。

みっともない自分が、嫌で嫌で仕方がなかった。

気がつけば壁の端から端まで来ていた。ほら、やっぱり自分は歩ける。誰の介助もなしに、以前みたいに立って歩けている！

あとちょっと。できれば看護師が来る前に、車椅子に戻っていたい。だって、一人でリハビリしたのがバレたら怒られる。できれば叱られたくないから。

「あっ」

ちょっと足が引っかかり、バランスを崩した。いつもなら容易に体勢が直せる程度の躓きだ。でも、今の凪は普通に身体を支えることができなかった。

ドタン！　と大きな音を立てて身体が床に転がって、思いきり顔をぶつけてしまう。

「いた、た……っ」

しくじった。早く立ち上がらなくちゃ。看護師が戻ってきたら、物凄く怒られるだろう。歩き回っていただけじゃなく、こんなに派手に転んだのだから。

「あ……っ？」

そのとき。突然、凪は自分の身体に慣れた感覚が押し寄せてくるのを感じた。尿意だ。

「そ、そんな、まって……っ」

事故で下半身に傷を負った影響で、今の凪は自分で尿意のコントロールができない。

今までは当たり前にトイレに行き、普通に用事をすませていたのに。

駄目だ。こんなところで万が一にも、お漏らしなんてできない。自分はまだ子供だけど、赤ん坊じゃないのだから。

「立たなきゃ、は、早くトイレに……っ」

焦れば焦るほど、立ち上がることができない。どうしよう。どうしよう。

弱り果てて涙が滲んでくる。床に腰を擦りつけて耐えようと思ったけれど、それも虚《むな》しい結果に終わり、さらに尿意は増すばかりだった。そのとき。

「あれ？　ここは遊戯室じゃないのかな」

耳に心地いい低い声が響く。凪がハッと顔を上げると、戸口に信じられないぐらい綺麗な人が立っていた。

艶《つや》やかな金髪に碧色の瞳。すんなりと伸びやかな手足。なにより、その煌めく瞳は、凪の視線を捉えて離さない。

こんな人が、この世にいるんだ……っ。

碧色の瞳は昼の光の中では光を弾き、揺れるみたいだ。

（あ、これって……っ）

動物園のお土産物屋で、父に買ってもらった万華鏡。あの夢幻に似た、煌びやかな世界と同じだった。

「きみ、どうしたの。大丈夫？」

青年は倒れている凪にすぐ気づき、広い歩幅でこちらに向かってくる。助かったと思ったが身体は限界に近く、腹部に差し込むような痛みが走った。

「だ、大丈夫です……っ、あ、あっちに行ってください」

「なにを言っているんだ。立てるかい？　こんな子を一人にするなんて、この病院の管理体制は一体どうなっているんだ」

「大丈夫、大丈夫です。だから向こうに行ってください」

ぎりぎり痛む腹部を隠すように、前屈みになる。だけど、この姿勢が最悪だった。一気に尿意が高まり、身体を丸めようとして失敗した。

「あ……っ」

室内に響く微かな水音と、独特の臭気。なにが起こったのか、青年もわかっただろう。

「み、見ないで！」

とっさにそう言ったが、きっともう悟られているのだ。なんてことだろう。凪はもう九歳になるのに、お漏らししてしまったのだ。

（恥ずかしい……っ）

（恥ずかしい、恥ずかしい、恥ずかしい……っ）

（漏らしちゃった。こんなこと初めてなのに。なぜ急に）

あまりのことにブルブル震えてしまった。いたたまれないのと、恥ずかしさだ。

青年は傍に一度しゃがみ様子を見ようとして、なにかを思いついたように立ち上がった。

「ちょっと待っていてね」

そう言いおいて、彼はリハビリ室を出ていった。凪は一人、室内に残されてしまう。

静かな空間に蹲《うずくま》っていると、お小水で濡れた寝巻きが、すぐに冷たくなっていく。下半身は
もう、びしょびしょだ。こうなってしまうと、立ち上がる気力も出ない。

（最悪だ。あんなに綺麗な人の前で、お漏らしをしちゃうなんて）

（もう嫌われた。汚くて、みっともなくて、だらしない子だって軽蔑されたんだ）

恥ずかしい。もういや。もういやだ。もう消えてしまいたい。

『ちょっと待っていてね』そう言って消えた青年は、戻ってこない。きっと漏らした凪に呆れ
て、どこかに行ってしまったのだろう。

当然だ。こんな面倒事に関わり合いになりたくないと、普通、誰もが思うだろう。

彼は病院のスタッフじゃない。見舞い客のようだった。そんな人が厄介事に関わりたくない
のは、当たり前なのだ。

「お待たせ」

先ほどの青年が、中に入ってくる。手には、大きな布を持って。

蹲るようにして泣いていた凪は、ぽかんと口を開けてしまった。

「どうしたの。どこか痛いの？」

青年は凪に向かって駆け寄ると、凪の頬を両手で掬い上げる。

「なにを泣いているの。さぁ、顔を上げて」

「だって、……だって、ぼく、漏らしちゃったの…………」

決死の思いで言ってしまうと、青年は何事もないように笑う。

「ああ、そんなの大したことじゃないよ。」

「た、大したことじゃない？」

青年は汚れた凪の傍に躊躇《ためら》いもなく跪《ひざまず》き、頬を濡らす涙を自らのハンカチで拭ってくれた。アイロンがかけられて、ぴんと張った布地から、とてもいい香りがする。それだけで異臭が消えてしまう気がした。

「あ、あの、ハンカチが汚れちゃうから、触ったら駄目です」

「これは身だしなみのために使う、ただの布切れ。汚しても誰も文句なんか言わない。もちろん、私もね」

そう言うと凪に構わず、頬を拭ってくれる。

「それより、近くにリネン室があってよかった」

「…リネン室って？」

「病院中のシーツやカバーがしまってある部屋のこと。そこでシーツを借りてきた。取りあえず応急処置にね。ここの掃除は後回しだ」

青年は持っていたシーツを広げ、凪をグルグルと巻いてしまった。

「ほらね。なにも心配することはないだろう」

青年はそう言うと凪を軽々と抱き上げ、歩き出した。リハビリ室を出たところで、先ほどの看護師が慌ててこちらに駆け寄ってくる。

「どうしましたか！」

「リハビリ室で転倒し、ショックを受けています。一人で歩くのが困難な患者を一人で放置するのは、おかしいと思いますが」

「あ……、私はちょっと所用があって、席を外してしまって」

看護師が眉を寄せ答えているのに、凪は「ちがう」と言った。

「そうじゃない。ぼくが勝手に車椅子から降りて、リハビリを始めちゃったんだ。ぼくが悪い、絶対に一人で立つなって言ってくれたのに。悪いのは、ぼくだよ！」

必死の思いで言い募ると、青年は「なるほど」と呟いた。

「きみが身を呈してレディを守ろうとする気持ちは、よくわかった。紳士だね」

「ぼく、紳士なんかじゃないよ。だ、だってトイレに失敗しちゃったし……っ」

彼女はこの言葉を聞いて、事態を察したらしい。

「凪くん、大丈夫よ。まずは着替えましょう。私が彼を連れて……」

手を伸ばそうとする看護師に、青年は「大丈夫です」と答えた。

「私が彼を病室に連れていきます。そのあと、彼の着替えをお願いできますか」

さらに驚くことを言って、青年は凪の身体を抱え直す。そうされると彼の胸がさらに近づいてきて、頭がくらくらする。

「きみは、凪という名前なんだね。私はイリス。よろしく」

「イリス……、きれいな名前だね」

「ありがとう。私の亡くなった母がつけてくれたんだ。出産が終わって窓を見上げたら、とても美しい月が見えたそうだ。イリスはギリシャ神話で、月の女神の名前なんだって。男なのに女神の名なんて変だけど、気に入っているんだよ」

イリスはそう言って、にっこり微笑んだ。ギリシャ神話なんて読んだこともないけれど、この人にぴったりの名前だと思った。

「月の、女神様」

多分そのとき、凪はイリスに淡い恋心を抱いたのだと思う。

この万華鏡のような瞳を持つ人に、心が奪われた。

凪は両親を亡くしたばかり、自分も大きな怪我を負っていた。正直、物事を理解する力が極端に衰えていたし、なにも考えられなかった。

でも、汚らしい凪を助けてくれたこの人は、心の奥深くに入り込む。

(このきれいな人が、ぼくを助けてくれた。汚らしくなったのに、嫌がらなかった。怒らな

かった。それどころか優しくしてくれた）

そう感じた瞬間、幼い心が小さく疼《うず》く。

初めて逢った人。名前も今、初めて知った人。なにも知らない、通りがかりの人。

……どうして、胸がドキドキするのかな。

凪の世界は一瞬で変わった。灰色に満ちていたものが、なにもかも色づき香りたち美しくなる。すべてが甘やかに凪を包む。

これはなんだろう。

このドキドキは、一体いつ収まるんだろう。

イリスにばれないように、そっと溜息をつく。どうしても胸の鼓動は収まらない。

自分の胸のときめきを表現する言葉がわからなくて、凪は何度も唇を噛んだ。早く心臓が静かになりますようにと、一生懸命に祈りながら。

5

「お前の小さな弟を、ロンズデール伯爵家の後継者にするだって？　嫡男がいるのに、ずいぶんと荒唐無稽な筋立てで攻めてくるな」

相談を受けたフレデリクは眉間に皺を寄せ、真面目な顔でイリスを見つめた。彼がこんな神妙な顔をするのはめずらしい。

凪は部屋の隅でお茶を用意すると、フレデリクに差し出した。

「失礼いたします」

「ああ、ありがとう。そういえばニコールから当家宛てに、夜会の招待状が来ていたよ。イリスは知っていたかい。取りあえず、持ってきたけれど」

「いや、初耳だ。拝見させてくれ」

ちょうどお茶をテーブルに出すところだったので、見るとはなしに目に入る。美しく瀟洒《しょうしゃ》なカードが入った封筒には封緘蠟《シーリングワックス》が捺《お》されている。ロンズデール伯爵家の紋だ。凪にとっても馴染み深い、大切な紋章である。

「こういった公式の招待状は、ロンズデール家当主の名が記されているのに、今回はニコールの名前だったから、うちの両親も困惑していたんだ」

「確かに当家が発送したものだ。違いない。だが、私はなにも聞いていないぞ。どういうことだろうな。凪、オーガスタを呼んできてくれ」

「かしこまりました」

凪に呼ばれて室内に入った執事は、事の経緯を聞いて顔を青くしている。どうやら直接ニコールに言いつけられてイリスに確認を取らず、夜会の招待状を発送したらしい。

「申しわけございません。ニコール様からイリス様もご承知のお話だと言われておりまして、確認を怠《おこた》りました。私の責任でございます」

「いや、私が許可を出したとニコールが言ったのなら、疑うことはないだろう。きみは仕事を忠実にこなしただけだ。しかし彼女は、なにを考えているんだ」

イリスは溜息をつくと、誰に言うともなく呟いた。

「父上がお亡くなりになられて日も浅いのに、こんな大規模な夜会を開こうだなんて。当家の常識を疑われるな」

溜息のような声に、凪も思わず心配になってしまう。

当主が亡くなったとはいえ、ニコールは伯爵夫人である。その権限で夜会を開くというのなら、誰も文句は言えない。

「では、彼女を呼んで釈明させるのはどうだい？　坊や」

楽しい玩具を見つけた猫のような表情を浮かべるフレデリクに、イリスは肩を竦める。

「いや。私は女性を吊し上げる気はないよ」

フレデリクの提案に、イリスは乗らなかった。

ちょうどそのとき、開け放した窓から車の音とメイドたちのざわめきが聞こえてくる。窓の傍に立っていた彼は、外の様子を覗き込んだ。

「どうやら、奥方様のご帰還のようだ。この様子だと、朝帰りならぬアフタヌーン帰りだな。これはお前から注意するべきじゃないか。仮にも伯爵夫人の行動じゃない」

どうやらフレデリクはニコールを好ましく思っていないようだったが、それ以上に彼は面白がっているようだ。

確かに他所の家のスキャンダルは、他人にとって蜜の味なのだろう。

イリスもそれを察しているのか、ニコールを呼びたてるような真似はしないようだ。

「今夜、改めて彼女に確認してみるよ。それに、もう招待状も発送してしまった。これでは中止もできない」

イリスの言葉に、フレデリクは肩を竦める。

「あの女狐をこらしめてやりたくて、品のないことを言った。許してくれ。ロンズデール伯爵家は俺にとっても、大事な場所であり愛すべき家だから、つい熱くなってしまった」

彼はそう言ってイリスに近づき、背中を抱きしめた。

次の瞬間、扉がノックされて答えを待たずに開かれた。そこに立っていたのはニコールと、そして驚くことに療養しているはずのリアムだった。

「リアム！」

イリスは椅子から立ち上がり、速足で弟に走り寄る。

「にいさま！」

普段、大人しく恥ずかしがり屋のリアムだったが、今日は彼のほうからイリスの胸に飛び込んだ。そのめずらしい光景に、凪は目が離せなかった。

「リアム、会いたかったよ。私の大事なべィビィちゃん」

甘やかされる言葉に感情が高まったのか、リアムは涙を滲ませてしまった。

いつもなら「べィビィ」と呼ばれて嫌がっていたのに、今日は違うらしい。目は潤み、顔が真っ赤だ。

「にいさま……っ。ぼくも、ぼくも毎日にいさまのことや、この家のことを考えていました。にいさまや凪に会いたいって、ずっと思っていました」

「私もだよ、べィビィ。会えて嬉しいけど、きみはまだ療養中だろう。それに、ちゃんと食べているのかい。こんなに痩《や》せてしまって」

そう言いながら細い身体を抱きしめて、小さな顔を覗き込む。凪から見てもリアムは、まだ体調は芳《かんば》しくないようだ。

もともと透き通るような肌の持ち主だが、今日は殊さら、青白く見えた。だが隣に立つニコールは、まったく気にしていない様子だ。

「まずは食事の用意だ。お腹は空いているかな？　なにがいいかな。リアムの好きなものを作らせよう。食べたいものがあったら言いなさい。それともお茶を」

「いいえ、結構ですわ」

矢継ぎ早のイリスの質問に答えたのはリアムの声でなく、扉近くに立つニコールだ。

ツイードのスーツは、一目でどこのブランドかわかるもので、彼女の派手な容姿によく似合っていた。だが、華やかな姿は未亡人としての慎ましさに欠けている。

きつい香水の匂いをさせながら、彼女はイリスの目の前に立った。

「リアムは今日から、屋敷で静養させようと思いますの。このまま別荘に置いておいたら、忘れ去られてしまいそうですから」

「忘れ去られるとは、どういう意味です。大事なリアムを忘れるわけがないでしょう」

イリスがそう言い返すと、ニコールは見下すような目で彼を見た。

「わたくしが目を離した隙に、ご嫡男様がロンズデール伯爵家を、相続されるかもしれませんもの。目を光らせておかねば、リアムの居場所がなくなってしまいますわ」

このあからさまな言葉は、イリスの神経に障ったようだ。いつもは馬耳東風である彼も、怪《け》訝《げん》な顔でニコールを睨みつけた。

「義母上、あなたは先ほどから、私に噛みついてばかりですね」

「あら、失礼いたしました。わたくしが言いたいのは、リアムもこのロンズデール家の正式な後継者だということです」

敵意の滲む声音にイリスが眉を寄せる。彼女はなにが言いたいのか。だがイリスよりも先に、部屋の奥に立つフレデリクが口を開いた。

「マダム。この屋敷の正式な継承者は、ここにいるイリスでしょう。あなたの大事なお人形さんがいなくても、なんら日常に支障はないと思われますが」

その声に、ニコールは驚いたように身を引いた。部屋の奥にいたから、彼の姿が目に入らなかったようだ。

「イリス、人が悪いわ。来客があるなら言ってくださらないと」

ニコールはそう言うと、そそくさと部屋を出ようとする。だが、もう一度振り返るとイリスを睨むように見つめた。

「継承者の件ですけれど、やはりリアムにも権利があります。あの子は、伯爵の子供ですもの。今一度、お考え直しいただくよう、お願いいたしますわ」

ニコールのこの発言に反応したのは、イリスでなく小さなリアムだった。

「お母様、なにを言っているの？　ロンズデール伯爵家は、にいさまが継がれるに決まっているのに！　どうしてぼくが、継承する権利があるなんて言い出すの！」

「お黙りなさい。お母様のすることに口答えは許しません」

ニコールはそれだけ言うとリアムを連れて、部屋を出ていってしまった。

扉が閉められたあと、第一声を発したのはフレデリクだった。

「なんだい、あれは。まるで宣戦布告みたいじゃないか」

「みたいではなく、本物の宣戦布告なんだろう」

「身の程知らずな女だな！」

呆れ果てたように言い捨てると、こちらに近づいてきた。

「後妻なのに、あの言いざまは恐ろしいね。要するに自分の子供が爵位を継げば、一生安泰だからだろう。なんて頭が悪い女だ。化粧と香水の匂いも、あそこまでいくと悪臭だ」

憤慨したように言い募る彼に、イリスは苦笑いを浮かべるだけだ。

「まぁ彼女には、できることがない。せいぜい社交界のお歴々に招集をかけて、夜会を開くのが精一杯だろう。……それより、リアムの顔色が悪いのが気になる。医者を呼んだほうがいい。凪、オーガスタに言って医者の手配をするように言ってくれ」

「かしこまりました」

イリスの言いつけを執事に伝えようと退室する凪の耳に、フレデリクの声が聞こえた。

「この期《ご》におよんで弟の心配か。この状況をわかっているのか？　坊や」

「まぁ、人並み程度には理解しているよ。だからいい加減、坊やはやめてくれ」

そう言うとイリスは肘をつき、物憂げな表情を浮かべている。あんな顔をするのは、とても弱っているときだ。

凪はイリスの様子が気になって仕方がなかったが、一旦その場を離れた。

□□□

やはり今日のイリスは、様子がおかしかった。

その日の仕事が終わり、オーガスタの許可を得て自室に戻った凪は、イリスの様子が気になって仕方がなった。リアムの様子が気にかかっているのか、それとも他に気鬱になる原因があるのか。

シャワーを浴びたあとも椅子に座って寛ごうとしたが、イリスのことが心配になる。しばらく考え込んでいたが、意を決したように立ち上がった。そして一度は着たパジャマを脱ぐと、シャツとズボンに着替える。

それから、こっそりと部屋を抜け出した。他の使用人に知られたくはなかった。夢遊病患者のようにではなく、きちんと自分の意思によってだ。

誰にも会うことなくイリスの自室に到着した凪は、こっそりと扉をノックする。すると、向こうから「凪かい？」と答えが返ってきた。

凪が「失礼します」と言ってから部屋の中に入ると、イリスがちょっと驚いた顔をしていた。いつもの夢遊病みたいな状態でない凪が、来るとは思わなかったのだろう。

「今日は、怖い夢は見なかったのかい？　背中をポンポンしてあげようと思ったのに」

「……こんな時間に、失礼します。どうしてもイリス様のことが気になって」

「私のことが？　愛の告白でもしてくれるのかな」

「違います。昼間、イリス様のご様子がおかしいと思っていて」

そう言うと、彼はちょっと困ったように小首を傾げ、「鋭いな」と呟いた。その声は小さすぎて、普通ならば聞き逃しただろう。だけど凪は、ちゃんと聞いていた。

彼の話すことは、一言一句、洩らさず聞いてみせる。

だって、大切なイリスの言葉だから。

寝る支度はしていたようだが、寝付けなかったのだろう。ベッドサイドにはブランデーの入ったボトルと、グラスが置いてあった。どうやら使用人に支度させたものでなく、自分で用意したらしい。グラスに氷もない。それを見て、凪は眉を寄せる。

ロンズデール伯爵家の嫡男が、こんな深夜、自分一人で酒を酌むとは。そのような雑用ならば、自分を呼んでくれればいいのに。

「お酒など、お申しつけくだされば、お運びいたしましたのに」

「そんなことを訊くために、こんな深夜に来たのかい？　それともやはり、愛の告白か」

まだくだらないことを言い募るイリスに、思わず溜息が出る。

「愛の告白などという愚かなことを、ぼくはしません」

「凪、それはおかしいよ。きみは情緒が欠落しているのか」

戯《おど》けたように言ったイリスに対して、凪は表情も変えなかった。

「そうかもしれません。ぼくの情緒は、事故のときに死んだのだと思います」

この一言に、イリスは眉を寄せてしまった。

「……きみの情緒は、死んでなどいないよ」

「いえ。自分のことは、自分が一番わかっておりますので」

「情緒が死んでしまった人間は、食事をしないリアムを心配して、甘いサンドイッチなど作らない。それに、こんな深夜に私を気遣って、わざわざ部屋に来たりしない」

「別に心配などではございません。雇い主に異変が起これば、様子を見に来るのが従僕の務めでございます。……仕事ですから」

どこまでもかわいくないことを言う凪を、イリスは困ったように見つめた。

「凪。きみは、すごく面倒だ」

そう言うと彼は寝台に座り、凪に向かって両手を広げた。

「私のことを思いやって心配してくれているのに、素直に口に出せないきみが、愛らしくて仕方がないよ」

「いいえ。ぼくは誰の心配もいたしませんので」

「先ほどの顔色が悪かったリアムが、気になって仕方がなかったのだろう？」

イリスはそう言うと立ったままの凪を抱き寄せ、その腰にそっとキスをする。

「なにをなさるのですか」

「意地っ張りな従僕に、尊敬の念を込めて」

そう答えるイリスを見ていると、なんだか悲しくなってくる。

彼は、傷ついている。ニコールとの言い合いではなく、その場にリアムがいたのに配慮することができず、母親と兄の言い争いを見せてしまったことを悔いているのだ。それなのに自分なんかを気遣ってくれるなんて。

彼は弟を愛している。いや、溺愛していると言ったほうが正しい。半分しか血の繋がりがなくても、むしろ血の繋がりなど疑わしいというのに。

「私がどうしてリアムをこんなに愛しているか、凪は知っている？」

まるで凪の心を読んだような問いかけにイリスを見下ろすと、彼は屈託のない笑顔を浮かべて、こちらを覗き込んでいた。

「弟君だから、溺愛されるのは当然です」

「初めて会ったのは、彼が生まれた産院だ。こんな子が弟だなんて信じられなかった」

（なんだろう、コレ。猿か）

新生児を初めて見たイリスは、生まれたばかりの弟を端的に『猿』と評した。

『さぁ、保育器の傍までどうぞ』

保育器の傍に連れていかれると、いきなりケースの中にいた赤ん坊が、手を伸ばしてくる。

びっくりしているイリスを、隣にいた看護師が笑う。

『さぁ、赤ちゃんの手に触れてあげてください。ただし今はまだ、ケース越しにね』

そう言われて不《ふ》承《しょう》不《ぶ》承《しょう》に手を差し出し保育器に、ぴたりとつける。すると、小さな赤ん坊が、イリスの手に触れるように触れたのだ。

ひとしきり思い出を語ると、イリスは深い溜息をつく。

「あのときの驚きと感激は、時間が経っても忘れることができない……。凪、きみに私の震える思いがわかるかい」

「多少ではございますが、お気持ちを理解できるかと」

「おや。ずいぶん冷静な感想だね」

「そのお話を伺うのは、数えきれませんので…」

そう言うとイリスは肩を竦め、ちょっと笑った。

「ふふ。きみは本当に冷静沈着だ。まだ十代だっていうのに」

そう囁くと彼はまた凪の身体を引き寄せ、またしても力強く抱きしめた。

「私はリアムを愛している。血の繋がりは問題じゃない。あの子を守ってやりたいんだ」

誰もが、わかっている。だけど誰もが、口を閉ざしていた問題。イリスとリアムが、赤の他人ではないかということ。

「イリス様は本当に、リアム様がおかわいいと思っていらっしゃる。それだけで充分かと」

静かな声でそう告げると、彼は目を細めるようにして微笑んだ。

「ありがとう。頭がすっきりした。ニコールがどんな女性でも、リアムが私を疎むようなことになっても、せめて成人するまでは一緒にいたいんだ」

「はい。承知しております」

凪の言葉を聞いて、イリスは満足したような溜息をつく。その吐息が悩ましいと思ったが、敢えて表情には出さない。

そんな従僕をどう思ったのか。彼は蕩《とろ》けるような微笑みを浮かべて囁いた。

「ねぇ凪。今夜は部屋に戻らず、一緒に寝てくれないか」

「ぼくは今日、悪い夢を見ておりません」

「そんなことは、どうでもいい。私と一緒にいてほしいんだ」

「ベアちゃんみたいにですか」

「ベアちゃん？　なんだい、それは」

「前にイリス様がおっしゃっていた、大きなクマのぬいぐるみです。子供の頃、一緒に寝ていたと話されていましたが」

「それは子供のときだろう。私はきみを、ぬいぐるみの代わりにするつもりはない」

「……はい。申しわけございません」

ぬいぐるみの話を持ち出したのは、一緒に寝ようと言われて期待したくないからだ。

今、イリスが寝台に自分を誘うのは淋しいから。誰か傍にいてほしいから。

それはクマのぬいぐるみを求める、小さな子供と同じだ。自分はイリスにとって、クマのぬいぐるみ。それ以上でも、以下でもない。

凪が未だに不安になると、イリスの寝台に潜り込むのと同じ。いや、彼は自分よりも理性的だが、結局のところ、抱きしめて眠る対象がほしいだけ。

自分が必要とされているわけではない。だから、添い寝を求められるのは苦しい。

だって今の凪は、夢遊病状態じゃない。はっきりした意識も理性もある。だからこそ添い寝で彼の傍にいるのが、とてもつらいのだ。

黙り込んでしまった凪を見つめていたイリスは小首を傾げている。

「もしかして、一緒にいてほしいという意味がわからない？」

「意味って……」

凪自身、夢遊病のようにイリスの部屋を訪ね、何度も一緒に寝てもらっていた。だから彼も、添い寝してほしいのだと勝手に考えていたが、そうではないのか。

「私はね、ぬいぐるみを抱っこしたいわけじゃない。凪、きみが欲しいんだよ」

碧の瞳に見つめられて、鼓動が早くなる。

自分の立場は従僕。しかも出自は孤児で、両親は借金を苦に心中してしまった。そんな親を持った自分が、次期伯爵様に愛を囁けるわけがない。

「ねえ、一言でいい。好きと言って」

こんなに洗練された、洒脱《しゃだつ》な人が。どうして好きなんて言葉に拘るのだろう。

でも、とろりと蕩けた蜜の声は甘く優しくて、それだけで頭の中が痺《しび》れてしまいそう。

イリスは自分の魅力を知り尽くしていて、どうすれば凪のように世慣れていない子供を籠絡《ろうらく》できるか、きっとわかっている。

イリスが顔を寄せてきて、軽くくちづけられた。

この優しい触れ合いは、情愛のキスじゃない。経験の浅い凪にでも、それぐらいわかる。

「私はきみを好きだ。きみが私を受け入れてくれるまで、何度でも言うよ」

イリスはそう言うと、また甘いくちづけを落とす。今度はもっと長く、情熱的に。

何度も角度を変えてキスされていると、頭がぼうっとしてくる。きっと、だらしがない顔をしているに違いない。

唇がようやく離れると、凪は自分の口元に手をやり、何度もその感覚を確かめる。

イリスの唇。これは長年慕ってきた、愛しい人の感触。

「逃げないで」

イリスはそう囁くと、座っていた寝台から下りて床に跪く。そして凪の手を取り、その甲にくちづけた。まるで中世の騎士が姫君に忠誠を誓うように。

「愛の言葉を信じられないのか。不安に怯え、深夜に私のところに来るきみが愛おしかった。抱きしめて頬や額にキスをして、また抱きしめてあげる。そうするときみは、安心したように眠る。仔猫が親の腹に、顔を埋めるようにね」

「……すみません、失礼なことばかりして」

「誤解しないで。邪魔だと言っているわけじゃない。きみと一緒に眠るのは好きだよ。気持ちがとても落ち着く。でも、好きな相手が傍にいるのに触れられないのは、つらい」

「つらい？」

イリスはなおも凪の手にくちづけながら、うっとりと囁く。

「きみが私を信頼して身を預けてくればくるほど、私の気持ちは、捩《ねじ》れて歪む。きみに対して淫《みだ》らな思いを抱いていると知られたら軽蔑《けいべつ》されそうで、怖かったんだ」

「軽蔑なんて、イリス様を軽蔑するなんて、とんでもありません！」

思わず口早にそう言うと、イリスは目を細めて小さく笑う。

「本当に？　こんなふうに抱きしめる私のことを、嫌いではないの？」

吐息のような声で囁かれ、凪は身体が震えそうになった。

「凪、どうか私を怖がらないで」

身体を固くして逃げようとしても、強く拘束する腕は緩まない。いつもかけている黒縁の眼鏡が、外れそうになる。

「あ……っ」

ふたたびくちづけられて、指先から眼鏡が乾いた音を立てて床へと滑り落ちた。

イリスは凪の真っ赤な頰に何度もくちづけ、愛おしそうに瞼に唇で触れる。そのまま、ゆっくりと舌を這《は》わせた。その瞬間、凪の身体が揺れる。

彼の舌先はそのまま凪の瞼をこじ開けて、滲んでいた涙を舐《な》めた。熱くて柔らかい舌先に眼球を舐められて、身体がびくびく震える。

「や、ぁ、だぁ……っ」

いつもの固く蕾《つぼみ》のような凪とは思えないほど、甘い声がこぼれる。その声音に凪本人が真っ赤になり、必死でイリスの身体を押し返そうとする。

「ち、違います、これは……っ」

「なんてかわいい声を出すのかな。嬉しいよ。ねぇ、凪は私のことが嫌いじゃないんだよね。それならば、少しは好きでいてくれる？」

「は、い」

「違うよ。ちゃんと言葉で言って。私のことを好き？　嫌い？」

強引に抱きしめてくるのに、彼の言葉は少し不安みたいな問いかけばかりだ。

「す、好きです……」

「本当に？　好きという言葉の意味はわかる？」

「わかります」

「そう。では、愛しているの意味は？」

そう言われて言葉に詰まる。

自分がイリスに持っている感情は、愛なのか。それとも従僕として主人に尽くす喜びなのか。

そもそも、愛ってなんなのか。

なんと答えていいかわからなくて、黙り込んでしまった。イリスはそんな凪に、もう一度キスをする。ただし、今度は唇に。

もう泣いている子供をあやす、慈愛のキスではなかったと思う。

それぐらい、くちづけてくる唇は甘く熱く、情熱的なものだったからだ。

6

抱きしめられ、何度もくちづけられた。

重なった唇の隙間から侵入してきたイリスの、濡れた舌先。それに舐め回され、何度も甘噛みされた唇は痺れて、息をするのが精一杯だった。

「イリス様……」

「様はやめようか。イリスと呼びなさい」

「ぼくの立場では、そのような呼び方はできません」

「私は雇い主の立場を利用して、従僕を好きに扱っているつもりはない。好きだから抱きしめている。きみにイリス様と呼ばれると、泣くまで苛《いじ》めてやろうかと思うよ」

そう囁くとイリスは凪の首筋に唇を這わせて、きつく吸い上げる。凪の身体が震えるのも構わず、彼の唇は肌を這い回った。

凪の身体が震えるが、それは快感なのか、それとも悪寒なのかわからない。ただ、頭が痺れたみたいになって、なにも考えられなくなる。

「凪、どうして泣くの。気に障ることを言った？　それとも私と抱き合うのは嫌？」

「違う、そうじゃなくて……。そうじゃない……」

溢れた涙は、こめかみを濡らしていく。イリスはその涙を指先で拭うと、そっとくちづける。

「きみの涙って、蕩けるみたいに甘いね」

唐突に囁かれた言葉に、凪は顔が真っ赤になってしまった。

涙が甘いわけがない。そんなことは、凪が一番よく知っている。

子供の頃、病院の枕を抱きしめて、何度も涙に暮れた。あのときの塩からい味は、今でも覚えている。

「涙が甘いわけありません」

「きみはなにも知らないんだね。愛している人の涙は、蕩けるように甘いんだよ」

イリスはそう言うと、また唇に触れてくる。その甘い感触が気持ちいいと思った。

ほんのちょっぴり、塩の味がするキス。

「ほら、甘い味がするだろう」

くちづけながら囁かれたけれど、しょっぱい味しかしない。おかしくなって笑ってしまうと、イリスはそんな凪を愛おしそうに目を細めて見つめている。

「凪、きみの口からイリス、愛していると言ってくれないか」

どうして。どうしてそんな意地悪を言うのだろう。

言葉にはしなかったが気持ちが伝わったのか、彼は苦笑を浮かべていた。

「私はきみを苛めているわけじゃない。気持ちを確認したいだけだ」

「気持ちって……」

「簡単なことだよ。私と一緒に天国の扉を開けるか、それとも堕落を極めるか」

「堕落って、どういう意味ですか」

「以前きみが言っていたとおり、同性愛は英国では犯罪だ。捕まったら牢獄へ収監される。そんなリスクを負ってまで、私を愛してくれるかな。決めるのはきみだ」

一九六五年の現在、英国では同性愛は犯罪とされ、牢獄へ収監されていた時代。同性愛が合法とされるには、あと数年の時間が必要だった。

この人が好きな自分は不徳なのか。いや、そうじゃない。

この気持ちは。病院でイリスと出会ったときから自分の思いは決まっている。

堕落でもいい。罪深いと言われても、堕ちたと言われたとしても、それでも。

「それでもきみは、私を愛していると言えるかな」

そう耳元で囁かれて、身体が硬直してしまった。

「…わ、わからないです」

「わからない？　私を愛しているか、わからないってこと？」

「イリス様の傍にいたい。こうやって抱き合っていたい。優しくしたいし、優しくしてもらいたい。……あの、それだけなんです。それは、愛しているって意味でいいですか」

いつもの、なめらかな口調とはまったく違う凪の様子に、イリスは呆気に取られたような顔をしていた。

だが、どんどん彼の様子が変わっていく。いつもの穏やかな表情ではなく、目を細め、ほくそ笑むといった表情を浮かべている。

「私と抱き合いたいの？」

「……はい」

「そう。そして私に優しくしたいし、反対に、優しくしてもらいたいんだね」

凪の言葉を鸚鵡返《おうむがえ》しにされて、赤くなっていた頬が、さぁっと青ざめる。

自分はもしかして、なにか迂闊《うかつ》なことを言ってしまったのだろうか。

先ほどは緊張してしまったから、明確に覚えていない。だけど、きっと言わなくていいことを口走っているのだ。

どうして自分は、こうなんだろう。どうしてちゃんと気持ちを伝えられないのだろう。

でも。ああ、でも。

「……私が大好きで、でも愛しているかどうかは、わからないのか」

イリスはそう呟くと、今度こそはっきりとした笑みを口元に浮かべた。

「好きがわかるのに、愛しているがわからない。……きみは、たまらないな」

イリスはそう呟くと、駄々を捏ねている子供みたいな凪を抱き寄せて、深く深くくちづけをしてくる。その力があまりに強引すぎて、抵抗なんてできっこなかった。

息ができなくなりそうで、必死にイリスの肩を押し戻そうとして、でも、いつの間にかその固く厚い肩にしがみついていた。

この人が好き。大好き。自分の命を懸けてもいい。誰に誹《そし》られてもいい。だから。

「凪、これから人を愛するってことを、一から教えてあげよう。……いや、そうじゃないな」

そう言われて不安げにイリスを見つめると、彼は不遜ともいえる笑みを浮かべた。

「これから教えるのは、私を愛すること。そして、私のものになることだ」

イリスはそう言うと、凪の両頬を包み込み、唇を塞いでしまった。

くちづけをする直前、イリスが浮かべた笑顔を、凪は一生、忘れないと思った。

幸福と恍惚《こうこつ》に満ち足りた、とても美しい微笑だ。

この笑顔を守るためなら、自分はきっと悪魔にでもなれる。魂を売ることも厭《いと》わない。

嘘偽りなく、そう思った。

□□□

いつ服を脱がされたのか、覚えていない。自分が裸体だと気づいたのは、イリスの素肌が触れたから。

　イリスの唇が凪の左の太腿に触れたとき、身体が大きく揺れた。そこには事故のときに負った傷があるからだ。

「やめてください。こんな汚いもの」

「いや、きれいだよ。なめらかな肌に、白い傷痕が艶《なまめ》かしいね」

　リハビリにリハビリを重ねて、なんとか立ち上がり歩けるようになった脚。大きな傷は四十センチを超えるほどだ。誰が見ても気持ちがいいものではない。

　身体を捩《よじ》ってイリスの目から遠ざけようとしたけれど、彼はそれを許してくれず、むしろ強い力で脚を押さえつけられてしまった。

「離してください、イリス様、離して……っ」

「また、様をつけたね。きみは覚えが悪いのか。それとも、わざと失敗をして私に苛められたいのかな。悪い子だ」

　意地の悪い言葉で抵抗をかわしながら、彼は凪の太腿に唇を這わせ、大きく残ってしまった傷痕を舌で舐めた。そのとたん、身体が大きく震え、爪先が反り返る。

「あ、ああ……っ」

　濡れた感触に身が震え、思わず声が出てしまった。いやらしい自分をイリスはどう思っているのか、考えただけで恥ずかしい。

そのとき、不意にイリスの唇が凪の太腿から性器に移り、ゆっくりと舐め上げる。予想もしていなかったことに悲鳴がこぼれ、また身を捩る。

「い、いやです。やめてください。イリス様は、そんなことをしないで！」

思いもかけないぐらい、大きな声が出てしまった。だが、それも致し方がない。凪にとってイリスは神のような、いや、それ以上の存在だった。

まさか彼と性愛ゆえに抱き合うなんて、想像すらしていなかった。

「イリス様……、イリス……っ」

ようやく『様』が取れたけれど、凪本人は意識していなかった。ただ、ひたすら離してほしいと、それだけを願っていた。だけど。

「やめて、ああ、やめて。おねがい、お願いだから……っ」

いやらしい感覚が湧き起こってくる。射精したがって、身体が熱くなってくる。こんな状態で射精なんて冗談ではない。

「や、ぁあぁぁ……っ、やだぁだぁあ……っ」

いつの間にか、子供のように幼い声で鳴き声を上げていた。恥ずかしいとか、みっともないなんて感情が吹き飛ぶ。

「ああ、イリス、イリス……っ」

掠れた声が出たのを確認したように、イリスが性器を強く吸い上げる。

そんなに激しい愛撫をされてしまったら、どうしようもない。籠絡されるみたいにして、一気に快感の波に揉《も》みしだかれてしまう。

いやらしく陥落した凪は、しばらくの間、身体が震えていた。

「これが、凪の味なのか」

甘く囁かれて固く閉ざしていた瞼を開くと、イリスが濡れた自分の指を舐めている光景が目に入る。そのとたん、甘く痺れていた頭が覚醒する。

「な、なにをしているんですか……っ。やめて、やめてください。そんなの舐めないで！」

「凪のものだから、舐めてみたいって思った」

血の気が引くぐらい卑猥《ひわい》な言葉に絶句してしまった。

イリスは身体を起こすと、まだ乱れがなかった自らの服を脱ぎ始める。さんざん乱され、頭の芯がぼうっとしていた凪は、その光景をじっと見つめた。

均整の取れた、しなやかで逞しい体軀。伸びやかな手足。傷ひとつない素肌。なにもかもが、自分と違いすぎる美しい肉体。

神に愛《め》でられたその身体をぼうっと見つめていると、ふわっと頰を撫でられる。触れているのは、イリスのきれいな指先だ。

「ぼんやりして、どうしたの」

「え……、あの…」

まさか、あなたの身体に見惚れていましたなどと言えるはずもなく俯いてしまうと、ふたたび逞しい身体が覆いかぶさり、くちづけてくる。

それは先ほどよりも、激しく求められている接吻《せっぷん》だった。

「ん、……んん……」

唇が離れると、とても甘い声に、淫蕩《いんとう》なことを囁かれる。

「もっと、脚を大きく開いてごらん」

なにを言われたのか理解できていなかった。戸惑っていると、イリスは凪の膝裏に手を差し入れ、大きく開く。

性的に未熟だった凪は曝《さら》け出された真っ白な脚が、どれだけ男の欲情を煽るかなど、まったく理解していなかった。

「かわいいね。……すごくかわいい」

イリスはそう囁くと、震える太腿の内側に舌を這わせてくる。

「や、ぁ、なにを……っ」

イリスは真っ白な脚にくちづけしたあと乳首に触れ、感触を楽しむように押し潰《つぶ》し、こねくり回す。凪は慣れない感覚に怯え、逃れようと身を捩って眉を寄せた。

「い、や、やめて」

「どうして嫌なの。私は凪の乳首に触りたいんだよ」

恥ずかしい言葉をわざとのように囁かれて、顔が真っ赤になるのがわかる。イリスがそんな淫らな言葉を使うなんて、信じられなかった。

「イリス様、やめてください、ぼ、ぼくがします」

思わず口走った言葉は淫らで、それがどれほど男を悦《よろこ》ばせるか、凪はわかっていなかった。

イリスは嬉しそうに微笑むと、凪の鼻の頭にキスをする。

「それはすてきだね。でも、今夜は私にさせておくれ」

気づけば淫らな姿勢を取らされる。その卑猥な恰好に頭がクラクラしそうになっていると、なにか液体のようなものが腹部や臀《しり》の狭間《はざま》に垂らされ、塗られていく。その感触に身が竦んだ。

「な、なにか、ぬるって……」

「ああ、潤滑剤代わりのスキンクリームだよ。ちゃんとしたものがなかったから、今日はこれで我慢しておくれ」

「スキンクリーム？」

そう囁きながら、イリスの手は止まることなく動いていた。そのクリームを塗った指を、慎重に凪の体内へと潜り込ませてくる。

十九歳という年齢のわりに、凪には性知識が少なかった。普通ならば友人同士で教え合ったりするものだが、友人はいなくて初心《うぶ》だったせいだ。

「凪、愛しているよ。私のすべてを受け入れておくれ」

そう囁かれて、額にキスをされた。その感触に気を取られていたせいで、身体の中心に彼の性器が当てられていたことに気づかなかった。

だが次の瞬間、異質な感覚に気づく。

「あ、ああ……」

這うような速度でイリスの性器が体内を割り開き、凪の中に侵入してくる。その初めての感触に怯え身体を竦めると、額にくちづけされた。

「イリス、イ……あ、ぁああ……っ」

じわじわ捻《ね》じ込まれてくる大きなものは、擦るようにして凪を征服してくる。身体の襞《ひだ》を直接刺激されて、凪の唇から喘ぎとも吐息ともつかぬものが洩れた。

「ひ…っ、…や、ぁあ……っ」

丹念に塗り込まれたクリームのせいか、痛みはない。そのぶん脈動が直に伝わる。

「ああ、ああ、あああ……っ」

「凪、ああ、なんてすてきなんだ。きみの身体が私に絡みついて締めつけてくる……っ」

熱く蕩けるような声に囁かれて、必死で頭を振る。

「いつも澄ました顔で冷たいことばかり言う私の従僕が、こんなにも淫らだったなんて、宝の山を掘り当てた気持ちだ。」

やめて。そんなこと言わないで。こんなのは、自分じゃない。

身体の中に入った性器を締めつけているのも。男の腰に脚を絡みつかせているのも、いやらしく体内を蠢《うごめ》かしているのも自分じゃない。

生まれて初めて受け入れた男の性器は、痛みよりも明らかに快感を打ち込んでいく。

それは凪にとって、厭わしいものではなかった。

「あぁ、あぁ、あぁ、やぁだぁ……っ」

みちみちと卑猥な音を立てながら、凪の身体は侵略されていく。

イリスの性器は、今まで知らなかった淫靡《いんび》な快楽を荒々しく凪に教え込む。

そう、気持ちよかったのだ。

そして凪が快感を覚え始めていることを、イリスは察したようだった。

「私のかわいい従僕さん。こうやって抱かれるのは好きかな」

イリスはそう囁くと、淫猥な音を立てて硬い肉塊が凪を責めてくる。もうなにも考えられなくて、必死で何度も頷いた。

「いい、気持ちいい……、あ、ああ、イリス、もっと。もっと深く……っ」

必死でそう言うと、さらに強い力で抱きしめられ、深々と突き刺された。

余裕なんて、ひとかけらもない結合。他人が見たら眉を顰める淫らな交わり。

常日頃から敬愛し尊敬するイリスが、ただの男として自分を求めてくれる。こんな歓びがあるだろうか。

「イリス、イリス……、すき、好きです。……すき……っ」

「凪……っ」

恋愛に慣れているだろう洒脱な男が、余裕もなく抱きしめてくると、本当に自分は愛されているような、そんな気持ちになれる。

――――自分は、ここにいていいのだと言われた気がする。

十年前の一家心中で生き残り。凪は、心のどこかに荒寥《こうりょう》を抱えていた。親に殺されそうになって、それでも死にきれず生き延び、誰にも必要とされず、ただ生きているだけの肉の塊。なんの価値もないゴミクズ。

でもイリスと出逢って変わった。

この人が求めてくれる歓び。抱きしめられる快感。

生まれてきてよかったと思う。

あのとき、あの暴走する車の中で死ななくてよかったと、生きていられてよかったと、心の底からそう思う。

この人に出逢えてよかった。

神様なんてどこにもいないと思い知っているけれど、この運命には感謝します。

「イリス、イリス……っ。いっちゃう、……いっちゃうよぉ……っ」

凪の幼い声を聞いた瞬間、イリスは唸《うな》るような声を上げた。獣《けだもの》みたいな震えだった。その声

を聞いて、凪の身体がいやらしくイリスを絞めつける。

彼は身震いをすると、凪の身体を激しく突き上げ始めた。たまらない快感にめちゃくちゃにされて、とうとう墜落するように気が遠くなる。

「愛している、凪、愛しているんだ……っ」

薄れていく意識の中で、微かに聞こえたのはイリスの囁き。

幸福で、幸福で、頭がおかしくなりそう。

生きていて、よかった。

あのとき死ななくて、本当によかった。神さまなんて、どこにもいないって知っているけれど、誰かに感謝したくてたまらなかった。

□□□

『さぁ、今日からここが、お前の仕事場であり家になります』

痩軀の執事、オーガスタに連れてこられたお屋敷はとても広大で、子供だった凪は目を見開くばかりだ。こんな大きな屋敷、遊園地にもなかった。

長く入院していた病院で、医師に「もう退院できるね」と言われたとき、凪はこの世の終わりが来たと感じた。

両親は既に亡く、住んでいたアパートメントも引き払われたと見舞いに来てくれた民生委員の老紳士は言った。

きっと、孤児院に行かなくてはならない。

両親の故郷である日本という国には、親類もいない。凪は生まれたときから英国にいるから言葉もしゃべれない。

こんな役立たずに、高い旅費を出して送還しても金の無駄だ。

哀れな凪は、自分の価値を知っていた。労働力にもならない外国人の子供なんて、誰も歓迎しない。しかも自分は、まだ怪我の後遺症で、ちゃんと歩くことも覚束《おぼつか》ない。

施設に送られても仕方がないんだ。

退院する日まで凪は食欲もなく、ただ膝を抱えてベソをかいていた。どうしてこんな思いばかり、するのだろう。

自分が生き残った意味がわからなかった。

母が死ぬ直前に言った、あの言葉が甦る。

『凪、ごめんね。神様なんか、いなかったわ』

少女のような声で囁いたあの人は、きっと、すごく怖かっただろう。治らないと言われた難病にかかり、どうしようもなくなって死を覚悟した、あのかわいそうな母親は。

『神様がいたとしても、お金持ちのところにしか来ないのよ。貧しい日本人には、お情けをかけてくれないの。どんなに必死で祈っても願いは叶わないし、病気も治してくれない。貧乏って損ばっかり。……不公平よねぇ』

母の言うとおりだ。神なんていない。神は助けてくれない。どんなに泣いても嘆いても苦しくても、神は手助けひとつしてくれない。

立派な聖堂の、きれいなステンドグラスに照らされた神さまは、いつも高いところから祈りに来る人を見守っているだけ。それ以上のことはしてくれない。

『凪。お見舞いの方がいらっしゃったわよ』

凪の面倒を見てくれる年配の看護師が案内してくれたのは、黒いスーツを着た、痩せて背が高い、英国人の男の人だった。

その男の人は神経質そうな眼差しで凪を見て、それから病室をぐるりと見回した。

『……これはまた、質素を極めている』

案内した看護師が去ったのを確認して呟いた言葉は、実に無礼を極めるものだ。

『では、凪。退院の許可はドクターからいただきました。あなたは今日、この病院を出て、私と一緒に行くのです。さぁ、準備しなさい』

行くってどこに？

そう訊こうとして、すぐに悟った。

ああ、孤児院に行くんだ。

この人はきっと、民生委員と同じ仕事の人だ。ぼくは孤児院に連れていかれて、きっとそこで死んじゃうんだ。

極端な考えになるのは無理もなく、一部の恵まれた施設を除いて、一般的に孤児院といえば常に財政難と言われてきた。孤児は一様に痩せ細り、古い衣服を着せられて満足に入浴もしていない子供ばかりだった。病気になっても充分な手当てもできず、亡くなってしまう子供も何人かいた。凪が絶望するのも、致し方ないだろう。

親もいない、英国人でもない凪は誰にも守ってもらえない。それが当たり前なのだ。

『なにを泣いているのです』

オーガスタと一緒に乗った車の後部座席で、凪はぽたぽた涙をこぼした。これから行く凄惨《せいさん》きわまりないであろう孤児院を思うと、涙が溢れて仕方がなかった。

『だ、だ、だって……、こ、こじいんで、しんじゃうから……っ』

必死の思いで言ったあと、両手に顔を埋めてしまった。オーガスタは怪訝な顔をしていたが、それ以上はなにも言わない。

冷静に考えればオーガスタの身なりや、凪が乗っている車が世界でも類を見ないほどの高級車であること。なにより車が下町などではなく高級住宅地へ向かっていることが、既に孤児院に行くのではないとわかるのだが。

しかし凪は攫《さら》われたお姫様のように、ただ身を竦めて泣くばかりだった。そのとき車は大きな門扉を前に減速した。

泣き崩れていた凪の目には入らなかったが、門扉にいる門番は車を認めて、すぐに誘導してくれていた。どう見ても、孤児院ではない。

車は門扉を抜けても、まだまだ走り続けた。広大な敷地だった。それさえも見ようとせず、しくしく泣いている凪に、オーガスタは厳かに言う。

『泣いていないで、ごらんなさい。ロンズデール伯爵家です』

静かな声に凪は顔を上げ、車窓越しに周りの風景を見た。

たくさんの木々と美しい花々に彩られた敷地。そして、その奥に建つ大きな屋敷。

『今日からここが、お前の仕事場であり家になります』

『し、仕事場？　家？　家って、だってぼくは両親が死んで』

オーガスタは静かな声でそう言い、どこか誇らしげな表情を浮かべる。

『お前は幸運な子供です。伯爵家は勤めたくとも、なかなか願いは叶わない場です。何人もの人間が希望してきましたが、不採用になることが多いのですから』

『希望って、……不採用って？』

『当家で働くことは、お前にとって誇りになりうる。頑張りなさい』

自分の仕事場であり家になると言われても、仕事がなんのことかわからなかった。そのことを訊こうとしたそのとき、車が緩《ゆる》やかに減速し停まった。

『着きました。降りなさい』

運転手が恭《うやうや》しく開いたドアから降りた凪は、その建物を見て口を開けてしまった。目の前に広がる大きな屋敷は、まるでお城だ。

館の前には大きな噴水が造られており、水面には美しい館が映し出されている。凝った意匠に飾られた館は、凪のような子供が近づける佇《たたず》まいではなかった。

そっと背中を押され、おっかなびっくり歩き出した凪は、屋敷へと連れていかれた。大きな扉の中は大理石の床。天井と壁は淡い水色に塗られ、金色のレリーフが飾られた、美しく華麗な作りだ。

そのまま直立してしまった凪を促して、オーガスタは屋敷の奥に入っていく。

ピカピカな廊下は、凪の顔が映るほど磨かれている。高い天井は美しい天井画に彩られ、輝くクリスタルのシャンデリアが光を弾く。まるで美術館のようだ。

『こちらです。ついてきなさい』

まだ松葉杖をつかなくては歩けない凪のペースに合わせて、オーガスタはゆっくりと歩いてくれる。遅れちゃいけないと必死の思いであとをついていくが、これが苦しい。

慣れていない松葉杖は腋《わき》に食い込み、バランスが取れなくて何度も転びそうになる。それでも泣き事ひとつ言わず、懸命に執事のあとを歩いた。

『こちらです。きちんとご挨拶をするように』

天井まで届きそうな大きな扉を開くと彼は『失礼いたします。お連れしました』と言って、深々と頭を下げた。凪も思わず一緒に頭を下げると、明るい声が響く。

『オーガスタ、ご苦労様！　やぁ、凪。また会ったね！』

いきなり名前を呼ばれて顔を上げると、そこには病院で出会った青年が笑っていた。イリス。

あれから何度も夢に見て、ずっと心の中に秘めていた彼が、なぜ孤児院なんかにいるのだろう。

『あ、あの、イリスは孤児院の人なの？』

『なんだって？』

『ここ、孤児院なんでしょ。ぼく、病院から真っ直ぐ来たの。他の子供はどこ？　もしかして、皆、もう死んじゃったの？』

『……なんだって？』

イリスは眉間に皺を寄せて、思いきり困った顔になった。そして部屋の隅に控えていたオーガスタを手招きする。

『この子は、どういう誤解をしているのかな』

『推測ではございますが、どうやら私が孤児院の職員で、いらない子供を集めていると思い込んでいるようでございます。車の中でもシクシク泣き通しでして』

そこまで聞いたイリスは、大きな声で笑った。

『あっはっはっは！　凪、きみ面白いね！　そうか、孤児院に連れてこられたと思ったのか。それは怖かったろう。ずいぶんと大きな孤児院だな。そう思わないかオーガスタ』

そう言われた執事は口元に微笑を浮かべるだけで、なにも言わなかった。

『説明するより、見せたほうが早い』

イリスはそう言うと、凪の身体を片手で抱き上げてしまった。そして広い部屋の中を横切り大きな窓に近づくと、凪を抱き上げるほうとは逆の手で、器用に開けた。

凪は高いところが嫌いだったので、思わず目をギュッと閉じてイリスの首元に顔を埋めた。

そんな態度をどう思ったのか、イリスはふたたび大きな声で笑う。

『目を閉じたら見られないよ。ほら、瞼を開いて見てごらん』

眼下に広がるのは、広大すぎる庭園と豊かな緑、手入れされたたくさんの花々だった。言葉もなく美しい光景に目を奪われていると、イリスの笑う声が聞こえる。

『ご覧のとおり、ここは孤児院じゃない。ロンズデール伯爵家だ』

『……じゃあ、イリスは伯爵様なの？』

『私ではなく、私の父が第十四代ロンズデール伯爵だ。私はその息子だよ』

そう言うとイリスは窓を閉め、凪を傍のソファに下ろす。

『きみには行き先がないようだったから、私の家に来てもらった。しばらくは脚の治療に専念して、よくなったらこの家で働くといい。まだ子供だから下働きからだな』

あまりに意外な言葉だったので、凪は唖然《あぜん》としてしまった。

こんな孤児に、こんな怪我を負った厄介者に、仕事を斡旋《あっせん》してくれるなんて信じられない。

『あの、ど、どうして……』

『下働きから始めて、それから仕事を覚えていくんだ。先ほど案内してくれたオーガスタも七歳のときに下働きとして入り、今は当家の執事で生き字引だよ』

『とんでもないことでございます』

部屋の隅に控えていた執事が頭を振るが、その瞳は自信に満ちている。

地味であっても長く仕事を成し遂げた自負心ゆえのものだろう。

『どうしてぼくに、こんな立派な伯爵様の家で働けって言ってくれるの?』

凪がそう問うと、イリスは真っ直ぐに瞳を見つめて言った。

『初めて会った日から、きみのことが気になって仕方がなかった』

胸がトクンと高鳴った。こんなきれいな人に言われたら、誰でもそうだろう。

『まだ子供の、しかも大怪我を負ったきみが、この先どうやって生きていくのか考えると、気持ちが重くなって仕方がなかった。看護師に訊いたら、両親は事故で亡くなったと言う。こんな大怪我をしているのに、家族が誰もいないなんて現状は耐えられない』

『そんなことはないよ。ぼくは一人で』

大丈夫。そう言いかけた唇を、イリスは指先で押さえてしまった。

『一人で大丈夫だなんて、子供が言うべきじゃない。心を殺して生きるには、人生は長いよ。一人でいる時間は大切だ。だけど、人は一人では生きられない』

そう言ったイリスの瞳は宝石のようだ。

いや。宝石ではない。この色彩は、あの日の煌めきと同じ。

そうだ。事故のとき砕けて散った、夢の欠片。万華鏡だ。

多分、あのとき。あの瞬間に。

凪はイリスに恋をした。

子供の憧れだったけれど、あのときの気持ちに偽りはない。

全身全霊をかけて、この人に恋をしたのだ。

7

「おはよう凪、ちゃんと眠れたのかな。目が赤いよ。眼鏡はどうした」

翌朝、食堂で朝食のための銀器を出していると、オーガスタに眼鏡のことを指摘されて、胸の鼓動が跳ね上がる。だがそれを顔に出さず、いつもの声で答えた。

「昨夜、興味深い本を読んでいて、睡眠時間を削ってしまいました。目の調子がおかしいので、眼鏡を外しています」

そう言うとオーガスタに、「目薬をさしておきなさい」と注意されてしまった。それに頷いて指示されたとおり、目薬をさす。身だしなみを注意されるなんて、従僕失格だ。

眼鏡は昨夜、イリスの部屋で落とした。

彼が眠りについたあと、凪は逃げるように寝台を離れ、脱がされた服をかき集めてイリスの部屋から逃げ出した。

そのとき、床に落としたままの眼鏡を捜したが見当たらず、諦めて部屋を退室したのだ。お陰で今朝はものが見えづらくて、いろいろと難儀している。

昨夜イリスと抱き合い、くちづけられた。

自分はイリスを愛している。今までは主従の気持ちが先にあったが、抱き合ってしまったら、愛おしい感情が強くなりすぎた。

自分でもおかしいぐらい、恋心が激しくなっているのを感じる。

情欲に任せて身体を繋げ合い、蕩けそうになるまでお互いを貪り合った。気がついたら彼に抱きしめられたまま、夜明けの光と小鳥の声に驚き、飛び起きたのだ。

慌てて脱いであった服に着替えたけれど、彼は眠っていたようだ。身動きしないイリスに声もかけず、そのまま部屋を飛び出したのだ。

「おはようございます、イリス様」

オーガスタの声に、身体が大きく震える。恐る恐る顔を上げると、戸口にはイリスが立っていた。寝室に朝食を持っていくつもりだった凪は、戸惑いを隠せない。

「おはよう。早く目が覚めてしまった。今朝は食堂で朝食をいただくよ」

「かしこまりました。ご用意いたしますので、少々お待ちくださいい」

オーガスタはそう言うと、朝食を載せたトレイをテーブルへと運んだ。凪はその支度を手伝い傍に控える。

昨日の今日でイリスの顔を見ていられない。傍にいるのが、居心地が悪いのだ。

昨夜は自分だけが焦っていて、莫迦みたいだった。どれだけ欲求不満で浅ましいのかと、そんなことばかりが頭に浮かぶ。

「凪、ティーカップにオレンジジュースを注いでどうする」

オーガスタの声に顔を上げると、搾《しぼ》りたてのジュースをカップに注いでいる自分がいた。慌てて「失礼いたしました」と言って下げる。

(なにをしているんだろう。どうしてジュースをカップに注いだりなんか……)

「凪、それはサラダボゥルだ。パンを置いてはいけない」

またしてもオーガスタに注意されて、慌てて手元を見た。焼きたてのパンを、サラダが入ったボゥルに並べていたのだ。

「すみません……っ」

慌ててこれも下げる。こんなものを、イリスに食べさせるわけにはいかない。恐々と彼を見ると、まったく動じていないようにスープを飲んでいる。

こうやって見ていても、イリスはきれいだ。改めてそう思う。

昨夜はあの人の身体に組み敷かれ、何度も何度もキスをされた。

いや。キス以上のことを、たくさんされた。あの一見すらりとしているのに逞しい身体に貫かれ、何度も声を上げて泣き、許しを請《こ》うた。頭がおかしくなるほど気持ちがよくて、最後には。

「凪」

名を呼ばれ、ハッとして顔を上げた。なにを考えていたのだろう。

「は、はい」

「もう部屋に戻る。食後のコーヒーを、持ってきてくれないか」

「かしこまりました」

見ればイリスの食事が終わっていた。そんなことにも気づかず、ぼんやりしていたのだ。自分の迂闊さに腹が立つ。従僕として失格だ。

「それから、これを部屋に忘れていたよ」

彼はなにかをポケットから出し、テーブルの上に置いた。そしてナプキンで口元を拭い席から立ち、部屋を出ていってしまった。

なにを置いていったのか、ぼんやりした目を凝らすと息が止まりそうになる。

イリスがテーブルに置いたものは、凪の黒縁の眼鏡だった。

慌ててそれを取ると、ポケットにしまった。用事をしていたオーガスタは、なにが起こったのか素知らぬように使ったナプキンを洗濯袋に入れていた。

「こちらはいいから、コーヒーの用意をしなさい」

オーガスタに言われ、「はい」と返事をしてから厨房へ行く。イリスが食後のコーヒーを持ってきてくれなんて言うのは、初めてだ。

コーヒーカップをトレイに載せ、イリスの部屋を訪ねた。ノックする前に眼鏡をかけ入室すると、彼はデスクに座って書類を見つめていた。

「失礼いたします。コーヒーをお持ちしました」

「ああ、ありがとう」

イリスは礼を言いながら書類から目を離さず、しばらくして椅子から立ち上がり、凪へと近づいてくる。その彼の視線が怖くて思わず目を逸《そ》らした。

「あの、眼鏡をありがとうございました。どこにありましたか」

「私の部屋の、床に落ちていたよ。踏まなくてよかった」

「助かりました。眼鏡がないと、手元が怪しくて」

目を逸らしたまま礼を言う凪に、イリスは静かな声で囁く。

「昨夜は、すまなかった」

そう言われて、意味がわからなかった。

「イリス様が謝られることは、なにもございません」

そう言うと彼は眉間に皺を寄せて、まじまじと凪を見つめてくる。

「朝、起きたら寝台は、もぬけの殻《から》だった」

その一言に、指先が震えた。それを悟られたくなくて、凪も真っ直ぐにイリスを見据えた。

目を逸らしたら負ける気がした。

なんの勝負をしているか、わからなかったけれど。

「さようでございますか」

「そう。さようでございます、だよ。私は過去に、何人もの恋人がいた。だけどね、情事の翌朝に起きたら、隣にいるべき恋人が逃げ出していたことなど一度もないよ」

どんどんイリスの声が尖《とが》ってくる。それが怖かった。

「慌てて食堂に下りてみると、きみはいつもと同じ顔で仕事をしていた。私がどんな気持ちになったか、わかるだろうか」

「申しわけございません。今後は気をつけます」

「今後があると思うかい？」

その一言で、首筋が切られたような痛みが襲う。

今後があるかどうかは、イリスの気まぐれによるもの。この関係は常に不安定だ。昨夜は情熱的に愛を囁いた彼だったが、それが続く保証はない。

凪は唇を一瞬だけ嚙みしめると、まったく動揺を見せない顔で微笑んだ。

「かしこまりました」

「きみは私との今後がなくても構わないのか」

「どうぞ、ご自由に」

凪のこの答えは癇《かん》に障ったらしく、イリスの眉間に皺が寄る。

「自由ねぇ。ずいぶんな返事だ。……では質問を変えようか。目の前に吊り橋があるとしよう。

私とリアムがその橋を渡っているとする」

「は?」

険のある雰囲気だったのに、いきなりリアムの名を出されて現実に引き戻された。

「どうしてリアム様のお名前が、ここで出てくるのでしょうか」

「黙って。私とリアムが橋を渡っている最中、いきなり吊り橋が落ちる。かろうじて綱一本でぶらさがっている状況だ。これらを頭の中で想像してみてくれ」

「……しました」

「よろしい。私たちがぶらさがっているところに、偶然、きみが通りかかる。私たちは助けてくれと哀願する。さて、ここで問題です。きみは私とリアム、どちらを先に助けますか?」

「リアム様です」

「迷いもなく即答したね。理由は?」

間髪入れずに答えた凪に、さすがのイリスも無表情になってしまった。その顔を見て、凪は首を傾げる。

「だって、イリス様はご自分で急場を脱することができます。でもリアム様は、お身体も弱いし、お心弱い。一刻も早く助けてあげなくては」

そう言うとイリスは天を仰ぐように上を向き、深々と溜息をつく。

「そうだな。正論だ。私だって、きみとリアムが同じ状況になったら、まずリアムを救出するだろう。きみは放っておいても、自分で急場をなんとかするからね」

「はい。なにごとも優先順位の判断が求められますから」

この色気のない回答に、イリスは笑った。

「なぜお笑いになるのですか」

本当は、いちばん最初に助けたいと思ったのは、イリスだ。そして、その気持ちを彼に伝えたかった。でも、それを言葉にしてどうするのだろう。

世界で誰よりも愛おしいのは、あなたです。

もしも、もしもあなたが谷底に落ちてしまったら、ぼくはためらわず一緒に飛び降ります。

心の中に湧き出た言葉がこぼれ落ちそうで、思わず口元を押さえてしまった。

「ご用事がおすみでしたら、失礼します」

部屋を出ようとノブに手をかけると、背後からイリスの腕が伸びてくる。

「話は終わっていない。いいかね。きみはリアムを先に助けると言った。私も、それが正しいと思った。だが、人間の気持ちは杓子定規《しゃくしじょうぎ》に計れるものではない」

「イリス様、離してください」

「なにが言いたいのか白状すると、私はきみに、谷底に落ちないでと言ってもらいたかった。そのためならば、リアムなんかどうなってもいいって言ってほしかったんだ」

彼は凪を抱き寄せると、その唇を塞いでしまった。

あまりに突然のことで身を捩ったが、彼の力は強く動けなかった。

「ん、んん……っ」

こんな明るく美しい光の中で。どうしてこんな、淫らなくちづけをされているのだろう。

熱い唇が離れ、彼の顔がさらに近づいてくる。ふたたび後ずさると、壁に背中がついてしまった。それでもイリスは容赦してくれず、追いつめるように身体を押しつけてくる。

「先ほど、きみはご自由にと言った。あんな言葉を聞いて、私が傷つかないと思った？」

その一言を聞いて、ヒヤリとする。自分の迂闊な発言で、イリスを傷つけたのだろうか。

「す、すみません……っ」

「謝ってほしいわけじゃない。ただ、きみと私は愛し合っているのに、どうしてこう気持ちがすれ違うのだろう。そう思うと悲しくならない？」

「……愛し合っているって」

改めて真顔で言われると、顔から火が出そうだ。

寝台の上での睦言ではない。こんなに明るい光の中で言われるのには、とても露骨すぎる言葉だと思ったからだ。

困っている凪を見てどう思ったのか、イリスは口元を歪めて笑った。苦笑いだ。

「きみは面倒な子だ」

「申しわけありません」

「そら、まただ。私は今、従僕の凪と話をしているんじゃない。私の大切な恋人である凪と、親しく話をしたいんだよ」

「……そうおっしゃられましても」

眉間に皺を寄せ本気で困っている凪を見て、イリスは肩を竦めた。

「昨夜は、とってもすてきな夜だった。今夜も一緒にいたいね、愛しているよ。…これが普通の恋人同士の会話だ」

丁寧に解説してくれたが、イリスの話は凪には高度すぎた。

眉間に盛大な皺を寄せて考え込んでいる凪を見て、大きな溜息をつくイリスを、誰が責められるだろうか。

「凪、きみは頭がいいのに、完璧に駄目な部分がある。誰も信用しない…いや、信用することを恐がっているところだ。人に甘えることを覚えなさい。そして、恋人には全力で頼る。これが倖せってものだよ」

「ですが……」

いつもの慇懃無礼な従僕とは思えない、幼く頼りない声が凪の唇からこぼれた。

「ですが？　ですがの次はなんだい」

まるで教師のように鹿つめらしい顔をしているイリスに、本音を言うのが難しいと思った。

なぜなら、普通ならば考えないことだろうから。

「ですが……人に甘えて、その人がいなくなったら哀しいでしょう」

「その人がいなくなる？　どういう意味かな」

「だって、人間は永遠じゃないでしょう。一分後には、どうなるかわからない。だから他人に心を許して愛するのは、怖いです」

そう言った瞬間、イリスはまた凪を壁に押しつけるようにして、きつく抱きしめた。

「そのとおり。人間が明日も明後日も百年先も生きているかなんて、誰にもわからない。だけどね、わからないからこそ人は人を愛し、人生を楽しみ、優しくなれるんだよ」

思いもかけないことを言われて言葉を喪っていると、イリスは凪を抱きしめて、キスをしてくる。

「死んでしまったら、キスもできないし、抱き合えない。そうだろう？」

「……そうですね」

「そうなんですよ。一分後のことなんか知るものか」

普段、品がよく紳士たるべく自分を律しているイリスとは思えないほど荒い言葉で言いきると、またしても凪の唇を塞いでしまった。

「イリス様、あ、イリス……っ」

瞳を瞬いた凪の唇に、ふわりと優しく唇が重なる。また、キス。

貪るように凪を堪能したイリスは、ちょっとだけ唇を離した。

「もう理屈はいい。愛しているよ。きみは？」

宝玉の瞳に見据えられて言葉が出ない。必死の思いで頷くと、またくちづけられる。

「ちゃんと答えて。私はきみを愛している。凪はどうなの？」

「――はい」

「違うよ。ちゃんと言葉にして。私を愛しているって」

そう言われて恥ずかしかったけれど、生まれて初めて、自分の気持ちを言葉にした。

「愛しています。イリス、あなただけを永遠に……」

凪が熱に浮かされたようにして答えると、イリスは花が開くように笑った。きらきらと輝く、天使のような笑顔だ。

そんな彼を見ていると、心の中で不思議な感情が湧いてくる。自分が、どうしようもなくイリスが好きなんだということ。

そう。病院で床に倒れていた凪を助けてくれたときから、ずっと彼のことを求めていた。

どうして今さら、こんな気持ちになるのか自分でもわからない。

無意識だったのに、口元に笑みが浮かんでくる。

幸福ゆえの微笑みなのか、それとも、ただの緊張の緩みなのか。

自分でもわからない、淋しげな微笑みだった。

8

ニコールがロンズデール伯爵家の名で招待状を出してしまった夜会が、とうとう行われることになり、数日前から屋敷の中がざわついていた。

イリスが承諾していなかったとはいえ、正式な招待状が発送されているのだから、今さら「あれは手違いでした」と取り消せるはずがない。

使用人たちは通常の仕事の他に、パーティの準備に追われた。

主がいなくても、女主人であるニコールが夜会を主宰するのだから、ロンズデール伯爵家の威信にかけても、すばらしい夜にしなくてはならない。

通用門にはたくさんの酒と食材が運ばれる。それだけではない。宴《うたげ》を彩る数々の溢れんばかりに箱詰めにされた花々。

だが、女主人であるニコールは使用人たちに指示を与えることもなく、自室に閉じこもってしまった。彼女の態度は、完全に主人失格だ。

「皆、夜会が終了するまで、こちらの仕事を優先して動いてください」

オーガスタの号令の下、使用人たちは率先して働いた。ニコールのためではない。今は亡きロンズデール伯爵の名誉のためにだ。

凪も朝から一生懸命に働いた。伯爵が存命だった頃、凪はまだ子供すぎて夜会の準備はほとんど手伝えなかったが、命じられたことを素直に聞いて働いた。

「手が空いたので、手伝います」

たくさんの花材を前に奮闘しているメイドに声をかけると、「助かるわぁー」と微笑まれる。どこも人手が足りていないのだ。

「そちらの木箱から花を取り出し水切りして、花瓶に生けていって」

立て板に水の勢いで言われ頷くと、端から大量に積まれた箱を開けていく。そのついでに酒瓶が入った木箱も同じように開ける。

「すまない。誰か地下室に行って、貯蔵してある食材を持ってきてもらえないか」

「はい。ぼくが行きます」

木箱をすべて開け終わり片付けていた凪は、執事の呼びかけに率先して手を上げた。

手渡されたメモを持って、地下室へ急いだ。屋敷の地下へ通じる階段があるので、近道をしようと中庭を通ったそのとき。

中庭に建てられた温室に、誰か人がいることに気づいた。一人じゃない。

最初は使用人の誰かだと思ったが、その二人が抱き合っているのが目に入った。

凪はその二人が誰であるか興味がないし、言いつけられた用事のほうが重大だ。そのまま目を逸らそうとした。だけど目に入ってしまったのは、男の顔。

フレデリク。

イリスの無二の親友ともいうべき青年が、イリスの義母を抱きしめていたのだ。

(知らないふりをして、通り過ぎよう)

下手に屋敷に逆戻りすると、その後ろ姿を見られる可能性がある。凪はそう判断して、足早に歩き始めた。下を向いて、けして温室など見ないように。

そのとき。いきなり温室の窓が開き、フレデリクが顔を出した。

「やあ、凪！　ごきげんよう！」

ギョッとして顔を上げると、彼が満面の笑みを浮かべて窓から見下ろしていた。これでは逃げも隠れもできない。

「これはフレデリク様。おいでになられていたのを、存じませんで失礼いたしました。イリス様にお取り次ぎいたしましょうか」

明るい声で答えると、彼は身を乗り出すようにして顔を近づけた。

「イリスはあとでいいや。それより、凪もこちらにおいで。おいしい飲み物があるよ」

「申しわけございません。今、急ぎの用を言いつかっておりますので。失礼いたします」

そっけなく口早に伝えると、振り返ることもなく東翼へと走った。

（フレデリク様の背後にいたのは、やっぱりニコール様だ。葉陰に隠れるようにしていたけど、はっきり見えてしまった……）

伯爵が亡くなった今、ニコールは未亡人とはいえ一人の女性だ。恋愛は自由だし、誰にも責められる謂《いわ》れはない。

でも、この一件といい本日の夜会といい、やはり彼女にはロンズデール伯爵家の未亡人である自覚が足りないと思う。

胸の奥に沁《し》みついてしまったニコールへの嫌悪感は、彼女を抱擁していたフレデリクにも感じてしまう。

（フレデリク様はイリス様のご友人。こんなふうに嫌だと思うのは間違っているけど）

気が重くなったが、とにかく用事を先にすませようと思った。

使用人が普段使う階段で地下室まで下りると、いきなり気温が低くなる。

言いつけられた食材を、持ってきたかごの中に手早く入れた。長居は無用だ。

「凪、ひどいなぁ」

いきなり場違いなほど明るい声が、背後から響く。後ろを振り返ると、そこには洒落たスーツに身を包んだ男が立っていた。

「フレデリク様……っ」

予期しない人の出現に、心臓が早鐘のように打っている。

「どうなさったのですか。ここは、お客様がいらっしゃるようなところではございませんよ」

あまりに驚いたので、声が低くなっている。だけど、フレデリクは笑顔のままだ。

どうして彼は、こんなところにいるのだ。

ここは倉庫も同然の場所なのに。

「ねぇ、凪も招待したいんだ。一緒に遊ぼうよ」

満面の笑みを浮かべていたのに、なぜか朗らかさは微塵も感じられない。

目だ。

彼の目は、どこか常人と違う。言葉にしがたいが、微かな違和感があるのだ。

これは、そう――――、父が最期《さいご》に見せた、ちぐはぐな感じと同じ。父は突然、万華鏡を買ってくれた。

なにを考えて、そんなものを子供に買い与えたのか。これから家族と共に心中しようとしているのに。説明してもらうことは、もうできない。

フレデリクから、父が最期に見せた狂気を孕《はら》んだ気配が感じられる。凪はできるだけ平静な、ちょっと戸惑った感じを込めて肩を竦めた。

「フレデリク様。お戯《たわむ》れはおやめください。お客様が、こんな地下室などにいらしてはいけません。危ないですよ」

「凪はかわいいね。顔が真っ青になっている。俺が怖くて、仕方がないんだな」

「肌が黄色いから、青くなったように見えるのでしょう。怖くなどございません」

「ああ、あの女の言うことなんか気にしないほうがいい」

「……あの女？」

その一言に、また違和感を覚える。

先ほどまで強く抱きしめ、熱い抱擁を交わしていた相手に、どうしてそんな突き放した言い方をするのか。

「いつだったか、凪に当たり散らしていたでしょう。あなたのように醜くなったらって。酷いことを言うよね。そんなに自分の容姿に自信があるのかねぇ」

なぜ彼女が凪に投げつけた罵りを、彼が知っているのだろう。主人の悪口に乗ってはいけないといったふうに、恐々と訊ねてみる。

「……ニコール様からお聞きになったのですか」

わざと名前を出して確認すると、彼は目を細めて笑う。その表情は、お前の引っかけに乗ってやろうかと嗤っているようにも見えた。

「うん、そう。彼女は酷いよね。凪はこんなに気品があって美しいのに。イリスがきみに夢中なのも、よくわかるよ」

その名前を出されて、ほんの少し表情が揺らぐ。

「イリス様は気まぐれですから」

「そうだねぇ。あんなに気まぐれで、でも誠実な奴は見たことがないよ。ほら、俺は彼と、ちょっと付き合い長いしね」

「はい。存じております。幼馴染みでいらっしゃるのですよね」

凪は話をしながら、少しずつ間合いを量った。フレデリクが出口を塞ぐようにして立っているが、なんとか隙をみて逃げたい。

別に彼になにかされたわけでも、罵倒されたわけでもない。イリスの大切な友人に無礼な真似を働くなんて、とんでもない話だ。

――――でも。

以前も彼に、違和感を覚えたことがある。楽しくて陽気で、それなのに、なぜか拭いきれない奇妙さを感じていた。それが自分でも不思議だった。

そのとき。フレデリクは急に目を見開くと、凪の顔を覗き込んだ。

穏やかな顔をしていたときとは、表情が一変している。

「凪は、さっき見たんでしょう？　俺とニコールがキスをしているところを」

その大きく見開いた目で、普通じゃないと悟った。

「は、はい……」

凪が返事をすると、フレデリクは大きな声で笑った。

「見たんだ。やっぱり見たんだ！」

突然のはしゃぐ声にびっくりしたが、フレデリクはそんな凪に構う様子も見せない。

「凪は悪い子だ。大人の逢い引きを見たら駄目だよ！　そんな悪い子には、お仕置きだ」

その言葉に驚いたが、彼が自分に絡んでくるのは口止めのためだ。それならば、納得がいく。

確かに未亡人になったとはいえ、彼女は既婚者なのだ。前夫が亡くなってまだ日も浅いのに、男性とキスをしていたのを使用人に知られるのはマズイだろう。

「申しわけございません。温室の傍を通りかかったとき、偶然、目に入ってしまって」

「いや。あんな人目につきやすいところで、事に及んだ自分が悪い」

素直に謝られて居心地が悪くなる。主人の大切な友人のプライベートが目に入っても、使用人が口を出す問題ではないからだ。

注意して見ていると、フレデリクは普通の目つきに戻っている。この変化に戸惑うが、それを感づかれてはならないとも思った。

彼はおかしい。

そう、どこか尋常でないのだ。

そう思ってしまうと、謝罪の言葉も素直に聞けない。むしろ、しらじらしい。

なぜなのだろう。彼の眼光が鋭いせいか。笑顔を浮かべていても、なにか違うことを考えているように見えるせいなのか。

「ねぇ、凪。きみはどうして俺を睨みつけているの。悲しいな」

明るい声で言われ、自分の目つきが鋭くなっていたことに気づき、慌てて頭を下げる。

「申しわけございません。少々、見えづらくて目を眇《すが》めておりました」

「俺たちはもっと歩み寄り、もっと仲よくなるべきだよ。以前から凪とは、じっくり話をしてみたかったんだ。ちょっと付き合っておくれ」

相変わらずフレデリクは扉を塞ぐようにして立っている。やっぱり逃げ出せない。

首筋に冷たい汗が流れて、すごく気持ち悪かった。どうしてこんなに鼓動が激しいのか。

でも自分が感じている勘が正しい場合もある。

この不確かな感覚を頼りにして、主人の大切な友人を疑うのは不遜だ。だけど、凪の中のなにかが叫んでいるのが聞こえる。

彼をイリスに近づけては駄目だ。

自分が従僕として、領分を超えたことを考えているとわかっている。だけど、この感覚を無視するわけにはいかないと思った。

両親の心中事件のことが、脳裏を過る。

あのとき、凪は加速した車が怖くて、必死で後部座席から転がり落ち、頭を抱えて丸まった。

その次の瞬間、車は衝突して両親は死んでしまった。

恐怖心だけで後部座席から床の窪みに落ちたから、自分は助かったのだと思う。

死にたくないという本能が、凪を救った。だからこの感覚を無視したくない。

大きく息を吸い、静かに笑った。

「わかりました。でも時間がございませんので、お手短にお願いできますでしょうか」

凪は先ほど集めた食材を入れたかごを床に置く。

賭けだ。

ここで暴れても、きっと力では敵わない。それならば、言うことを聞くふりをしよう。

用事を頼まれた自分が戻らなければ、誰かが捜しに来てくれるかもしれない。

逃げ出すチャンスはある。どんな人間にも隙がある。その一瞬を狙うのだ。

それに彼はイリスが親友と認めた、大切な幼馴染み。その事実は揺るぎない。彼を傷つけることはできない。

イリスが悲しむからだ。

たとえフレデリクが信頼を裏切りニコールと繋がっていたとしても、彼が負傷すれば悲しむだろう。あの人は、そういう人だ。

慎重になれ。

凪はもう一度、自分に言い聞かせる。なにがあっても、イリスを傷つけるわけにはいかない。

なにがあっても、イリスを守る。

それが自分の使命であり、生きている証しなのだから。

□□□

「凪がいない？」

イリスがその話を聞いたのは夜会の来客も集まりだした夕刻のことだ。

朝から招待客の対応に追われていた彼は、執事であるオーガスタの報告で、ようやく事態を把握することができた。

燕尾服《えんびふく》に身を包んだイリスは、メイドたちも見惚れるような伊達姿だ。黒のバラシアで仕立てられた上衣と共布のストレートラインのパンツは、側章が脚の長さを強調し際立たせている。

彼とオーガスタは話をしながら部屋を出て、一階の広間へと向かった。そして隣の控え室に入ると、話を続ける。

「はい。私の言いつけで東翼に行ったのですが戻らないので、地下室に使用人を向かわせると、私が言いつけた品が入ったかごが放置されていたのです」

「おかしいね。あの子は責任感が強い。頼まれた仕事を放置することはない。警察に連絡して、すぐに捜索を」

オーガスタは困ったような表情でイリスを見上げる。

「ですが、今夜は夜会が執り行われます。このようなときに警察を呼ばれるのは」

「夜会と人命、どちらが大事だ。夜会など中止でいい。すぐに警察に電話をして」

「凪でしたら、わたくしの用事で外出させましたわ」

イリスの「捜索をさせるんだ」という切迫した言葉に被せるように言い、部屋の中に入ってきたのはニコールだ。

金色のイブニングドレス姿の彼女は、目を奪われるほど華やかで美しい。金の布地に金のビーズを縫いつけた衣装は、金髪のニコールにとても映えている。

だがそれは、夫を亡くし、喪が明けていない未亡人が着る服ではなかった。

「わたくしのドレスにつけるコサージュが壊れてしまったので、凪にお使いに行ってもらいましたの。あなたの従僕なのに、勝手に使って申しわけありません」

丁寧な口調で謝られてしまうと、それ以上の文句が言えるはずもない。それでもイリスは、喰《く》いさがる。

「だが、彼は用事を途中で放り出すような人間ではありません。それに、オーガスタに頼まれていた食材も、床に置きっぱなしだったし」

「わたくしが緊急と言って凪を使いに出してしまったから、片付けることができなかったのよ。でも、じきに戻って参りますでしょう」

ニコールはどこか陶然《とうぜん》とした、潤んだ瞳でイリスを見つめた。

「子供じゃないのですから、心配にはおよびませんわ。それより、広間にはお客様がお見えになっているの。イリス、わたくしをエスコートしてくださらない？」

そう言って優雅に手を差し伸べてくるニコールを、突き放すことはできないのだろう。イリスは肘を差し出した。彼女は満面の笑みを浮かべて、その腕を取った。

二人は部屋を出るとオーガスタは広間の扉を開く。そこには、大勢の招待客が夜会の開始を待っていた。

「わたくしが開く、初めての夜会！　嬉しいわ。今夜はロンズデール伯爵家の再生の宴よ。悲しいことは忘れて、皆で楽しみましょう！」

女主人の言葉をきっかけに、一曲目のカドリールが演奏される。

ニコールはイリスから離れ、本日の招待客の中で誰よりも地位が高いロスシー公が、彼女の手を取った。そして宴の間、若い男女がパートナーを替えながら踊り、未来の伴侶《はんりょ》を見つける。これが十九世紀から伝わる夜会の作法だ。

二人が踊り始めると、他の招待客たちもフロアに出た。

その様子をイリスは見ることもなくオーガスタを連れて広間を離れ、先ほどの控え室に入る。その顔は未だに眉が寄せられたままだ。二人は囁く声で話し始めた。

「やはり警察に連絡を取ってくれ。必要ならば夜会は中止で構わない」

「はい。ですが本日はロスシー公がいらしておりますが」

オーガスタの心配も無理はない。本日の夜会は正式なものではないが、招待客は錚々《そうそう》たるものだ。現に今、ニコールと踊っているロスシー公は、王室とも縁のある賓客中の賓客。めったな無礼は許されない。

心配するオーガスタにイリスは「心配しなくていい」と言った。

「なにを置いても、凪を優先する。すべての咎は私が負う。当家に傷がつくというのなら、家督はすべてリアムに譲ろう」

「ですがイリス様」

心配に眉を曇らせた執事に、イリスは笑って見せる。

「私は図太いから、どこでも生きていけるよ」

オーガスタもそれ以上は、言及しなかった。

嫡男として生まれ育ち教育を受けた長男と、病弱で生活するのが精一杯な次男を比べてはいけないと、わかっているのだ。だが、どうしても比較してしまうのは当然だろう。

なによりリアムは、まだ十歳にもなっていないのだから。

「にいさま」

そのとき戸口に立っていたのは、当の本人だった。

扉一枚を隔てた向こう側では、絢爛《けんらん》豪華な夜会が繰り広げられているのに、小さな弟は薄いシャツとズボンという、質素な装いだ。

「リアム」

イリスは驚きの声を上げ、自ら扉まで歩き弟の隣に跪く。

「どうしたんだ。もう熱は下がったのかい？　まだ起きてはいけないよ」

そう言うと微笑みを浮かべて、弟の顔を覗き込む。だが、彼は苦しそうな表情で、兄の姿を見つめた。

「にいさまは、わかっているんだよね。ぼくが、……ぼくが本当は、お父様の子供じゃないって、にいさまは知っているでしょう」

驚くべき言葉を告げたリアムは、瞳を潤ませている。

「莫迦なことを言わないでおくれ。私たちは母が違っていても、等しく兄弟だ」

「違う！」

突然の大声に、傍にいたオーガスタが驚いた表情を浮かべた。彼にとってもリアムは伯爵家の、大切な子息だ。しかも病弱で腺病質だったので赤ん坊の頃から、神経を尖らせるようにして、大切に育てている。

そのリアムが伯爵の息子ではないと言い出したのだ。

「リアム。きみはまだ本調子じゃない。今日はもう部屋で休みなさい。夜会はまた今度に…」

「凪はどこ？　凪はいるの？　いないんだよね？」

唐突に凪の名前を出されてイリスが戸惑っていると、リアムは大きな声を出す。

「凪！　凪っ！」

この反応には、さすがにイリスがリアムの口を押えた。華奢な身体を抱き上げるようにして、部屋の隅に置かれた長椅子に運ぶ。

「私のかわいいベィビィ。なにが不安なんだ。凪は席を外しているだけだ。きみはなにも心配しなくていいよ。さぁ、部屋に戻ろう」

「ごまかさないで！」

まだ変声期を迎えていないリアムの高い声が、部屋に響く。

「ごまかすとは、なんのことだい」

「にいさまは、嘘をついている。ぼくを安心させるために嘘を言っている。ぼくは知っている。誰がぼくの父親か、ちゃんと知っているんだ！」

その一言を聞いて、イリスはリアムの両肩に手を置くと、その瞳をのぞき込む。

「リアム。それは私にとって、どうでもいいことだ」

「にいさま……」

「弟だから。血が繋がっているから。だから大事にされていると思った？　そうじゃない。私は、そんな理由などなくてもリアム、きみが愛おしい」

「ぼくは弟じゃないんだよ？　お母様は、ずっとお父様やにいさまを騙《だま》していたんだ」

涙声で訴える彼をどう思ったのか。イリスはじっとリアムを見つめると、その頬に小さくキスをした。赤ちゃんにするみたいな、甘くて優しいくちづけだ。

「どうでもいいと言っただろう。赤ん坊だったきみが、私に向かって手を差し伸べてきてくれた。あのときから、ずっと愛している。それに理屈がいるの?」

イリスは目を細めて言うと、もう一度リアムの額にキスをした。

「血の繋がりなんて、どうでもいい。何度でも言う。きみは私の大事な弟だよ」

とうとうリアムは涙をこぼして、イリスの首にしがみついてしまった。

「にいさま……。」

「さぁ、泣きやんで。凪を捜さなくてはならないからね」

この一言を聞いて、リアムはハッと顔を上げた。

「凪は、あの人が連れていった…」

「あの人? 誰のことを言っているのかな」

「にいさまのお友達で、よく屋敷に遊びに来る人。琥珀色の瞳をして、背がすごく高い人だよ。窓から、人を抱きかかえて車で出ていくのが見えたんだ」

その一言を聞いて、イリスの表情が固まった。琥珀色の瞳。長身。そう言われて思い当たる人物は、一人しかいない。

「それは、フレデリクのことか」

「そう。その人が抱きかかえていた人の顔は見えなかったけど、ぐったりして、気を失っているみたいだった。今夜は騒がしくて、誰も気を留めなかったんだと思う」

大きく開いた瞳に見つめられて、イリスは眉を寄せる。このか細い少年の鋭さに今さらながら気づいたのだ。

彼は苦しそうな表情で、声を絞り出す。

「凪は、……私の従僕は、どこに消えてしまったんだ……っ」

□□□

凪が目を開いたのは、小さなフラットの中だった。

白いカーテンに、白いベッドカバー。一瞬、ここは病院ではないかと思ったぐらいだ。病院と違うのは、両手が拘束されていたことだった。

ふらふらする頭で、自分の身の上になにが起こったか、必死に思い出してみる。

最後の記憶はロンズデール伯爵家で、夜会の支度に追われていた。オーガスタに用事を言いつけられて中庭を回っていこうとして、そして。

「フレデリク様とニコール様が抱き合っていて……」

そのあと地下室にフレデリクが来て、少し話をした。それからなにか冷たい布を押しつけられた。きつい匂いがする布切れの匂いを嗅《か》がされて。

そこまで思い出して、気分が悪くなる。おまけに、いつもしている眼鏡が外れていた。首を持ち上げて周囲を見回したが、どこにも置いてあるように見えない。多分、どさくさに紛れて落としたか壊れたかしたのだろう。

「……まいったな」

凪の主人であるイリスと彼は、無二の親友同士。そしてニコールはイリスの義母。

そして凪が知る限り、フレデリクはニコールに対して、いい感情を持っていなかった。大切な親友と伯爵家に対し不誠実な彼女を、好ましく思っていなかったように見受けられていたのだが。

『仮にも伯爵夫人の行動じゃない』

そう。彼はそう言って、ニコールを責めていた。その反面、事態を面白がっていた。

あの人の真意が見えない。フレデリク様の本当の気持ちは、どうなのだろう。

自分が拘束され閉じ込められていることよりも、彼の人間性のほうが気にかかるのは変な話だが、仕方がない。

(なにか薬でも、嗅がされたのか)

まだクラクラする頭で、必死に考える。どうしたら、ここから逃げ出せるか。どうしたら、イリスを守れるか。

フレデリク個人の人間性は、正直どうでもいい。ただ、イリスが傷つくようなことだけは、あってはならない。いや、万が一あるとしたら、自分は戦うだろう。

この世で誰よりも大切なイリス。

あの人のためならば、自分はきっと、どんなこともできる。

親を亡くし、どこにも行く当てがなかった孤児を絶望の中から拾い上げ、優しくしてくれたイリス。なにも持たない自分に、仕事を与えてくれたイリス。

悪夢を見たといっては徘徊《はいかい》する自分を抱きしめ、母親のようにキスしてくれた人。

（とにかく、ここから逃げなくては話にならないな）

縛られている枷を、どうにかしようと身を捩った。そのとき。

「あれぇ。なにをしているのかな、かわい子ちゃんは」

からかうような声に顔を上げると、ふわっと風が部屋の中に入り込んでくる。その風に誘われるようにして視線を向けると、そこには長身の青年が立っていた。

「囚《とら》われのお姫様。姫君は自分で抜け出しちゃ、ダメなんだよ。王子様の迎えとキスを待たなくちゃ、姫失格だ」

聞き慣れた声に凪は眉を寄せる。

そこに立つのはイリスの親友、フレデリクだったからだ。

9

いつもと変わらない、飄々《ひょうひょう》とした様子のフレデリクを見て、肩の力が抜けそうになった。

だが、ここで気を抜くわけにはいかない。

(なにしろ親友の従僕を、拉致《らち》監禁しているような人だし)

凪は今さらながら、気を引き締めた。平然と他人を拉致するような人間は、きっと人を殺すときも眉ひとつ動かさないだろう。

人間の狂気ほど、恐ろしいものはない。

幼くして両親の凶行を目の当たりにし、極限を垣間見た凪にとって、人がおかしくなるのは初めてのことではなかった。

人が狂気に陥いる。それは、なによりも恐ろしく悲しい瞬間だ。

落ち着こう。落ち着いて、相手の隙を見計らおう。今、彼を止められるのは、自分だけだ。

自分は、どうなってもいいから彼を止める。

本当なら、両親が起こした交通事故で死んでいた運命だった。それなのに、なぜか助かった。

それならば、この身体はイリスのために使おう。

この世で誰よりも愛おしい、大事なイリス。

彼のために、自分はあの凄惨な事故から生き残ったのだ。

血にまみれた両親の遺体を目の当たりにし、自分も立ち上がれないほどの怪我を負いながら。

それでも生き延びたのは、イリスに逢うため。

彼に出逢うために。彼の役に立つために自分は生きているのだ。

凪はフレデリクに視線を向けると、わざと嫌そうな顔をしてみせた。

「フレデリク様。これはなんの遊びですか。ここは、どこですか」

冷静な声で凪が尋ねると、彼は眉を片方だけ上げて、「おや」という表情になった。縛られ拘束された人間が出す声ではなかったのだろう。

「凪、こんな目に遭わせた俺を怒らないのかい」

おどけた声を出す彼に、凪は平素な声で対応した。慌てたり怒ったり、ましてや泣いたりしては駄目だと思う。

動揺すればするだけ、相手を興奮させる。興奮は人を思いも寄らない局面へと引きずり込む。どんな聡明な人でも、どんな理知的な人でも。

(落ち着け。……落ち着かなくちゃ)

「怒ったりしておりません。またイリス様と、おかしな遊びを思いつかれたのでしょう。でも、ぼくを巻き込むのはやめてください」

迷惑そうな声を出すとフレデリクは「ははっ」と笑った。

「きみは最高だね。イリスが寵愛《ちょうあい》するのがわかるよ」

「それはどうも。ご満足いただけたのでしたら、早く拘束を解いてください」

「うーん。……それは駄目かな」

その一言に、ひやりとするが、不遜な目つきは変えず話を続けた。

「なぜですか」

フレデリクは目を細め、小首を傾げる。面白い遊びを考え出すような表情だったが、凪は苛だちが最高潮に達しそうだった。

「俺はねぇ。イリスを殺したいんだ。で、その手伝いをきみに頼めないかな」

日常の話をするように軽く言われて、凪は心臓が跳ね上がりそうになる。

冗談だとしても『殺す』なんて、使っていい言葉じゃない。ましてや、無二の親友と認め合っている二人なのに。どうして。

凪の神経がぴりぴり逆立っていたが、無関心を装って話を続けた。

「……穏やかじゃありませんね。まず、ここはどこですか」

「ここは俺の借りているフラットだよ。ロンズデール家からも近い」

そう言われて、こっそりと部屋の中を見回す。窓はあるが、ここが何階なのかわからないから、飛び出すわけにいかない。

落ち着け。隙はある。絶対にある。タイミングさえ間違わなければ、絶対に逃げられる。

……はずだ。

「お話を伺いたいので、身体を起こしてもらってもいいでしょうか」

そう言うと彼は「これは失敬」と言って、凪の身体を起こしてくれた。

ようやく寝台に座ることができた凪だったが、両手は縛られたままだ。

「それで、どうして殺すなんて話になりましたか。ぼく、犯罪は嫌です」

できるだけ平静な声で言うと、フレデリクは内ポケットから煙草を取り出して、火を点《つ》ける。

部屋の中は紫煙《しえん》に包まれ、独特の香りが満ちた。

「そうだねぇ。どうして殺すのかな」

ふーっと煙を吐き出しながら、彼は独り言のように呟いた。目の前にいる凪のことなど、どうでもいいというように。

「イリス様と喧嘩でもされましたか」

「喧嘩？　ないない。あるわけがない」

あっけらかんと言うと、彼は笑顔を浮かべた。

「イリスは、取りたてて欲しい物もないし、なにかに執着なんてしない。伯爵家の嫡男として、銀の匙《さじ》を銜《くわ》えて生まれてきた男だもの」

そう言うと彼は椅子の背を抱きかかえるようにして跨《また》いで座った。その表情は呑気《のんき》そのものので、とても人殺しの話をするような顔じゃない。

「フレデリク様は、イリス様がお嫌いなんですか？」

「まさか。俺はイリスが好きだよ。…好きって言葉では足りない。頭からバリバリ喰いたいぐらいに好きだ。愛しているよ」

ぞくっとする言葉に、頭の奥が痺れるみたいだ。

好きという相手をバリバリ喰いたいとは、普通は言わない。

「だから他人の口車にそそのかされるフリをして、イリスの死を願うのかな。……俺は少し、病んでいるよね。それにとても愚かだ」

そう言うとふたたび煙草に唇をつけて、深々と吸い込む。そのとき、フレデリクは微笑みを浮かべていた。まるで上等な阿片《あへん》に酔い痴《し》れるように。

(少しどころか、病みまくっているよ)

凪は心の中で毒づくが、かわいらしい声で哀願してみせる。

「フレデリク様のお話は、難しいことばかりです。ぼくは学がないので、理解できません。あの、もう解放してもらえませんか」

凪がそう言うと、彼は満面の笑みを浮かべた。

「無理だよ。ここまで聞いて、まさか無事に帰れると思っていないよね。きみが無事に帰れる道は、ただひとつ。イリスを殺す手伝いをすることだ」

（これが本音か）

もともと無事に帰すつもりなんかないのだろう。

それでも警戒心を持たれないために、弱々しい声を出してみせる。

「もし拒否をしたら、ぼくを殺すのですか。そんなの酷いです。お願い、もう帰してください。ここに連れてこられたことは、誰にも言いません」

そう哀願してみせると、彼は凪を真っ直ぐ見つめてくる。琥珀色の瞳が美しい。

「何度も言ったけど、きみはかわいいねぇ。イリスが夢中なのが、よくわかる」

そう言われたので、イリスがなにか口でも滑らせたのかと眉を寄せる。その凪の表情を見てどう思ったのか、彼は場違いなくらいの明るい声で笑った。

「イリスはね、いつもきみのことを優しい目で見ている。気づかないと思うけど、きみがお茶を淹れたり用事をしていたりすると、その背中を包み込むような眼差しで見守っているんだ。雄弁に、愛しくてたまらないと眼差しが語っているよ」

不意打ちのように言われて、身体の奥に温かいものが流れるみたいだった。

イリス。大切な人。

ほんの少しでも、ぼくを好きでいてくれるのですか。

好きと囁いたのは、情事の戯れではないのですか。

……嬉しい。

好きでいてくれるなら、本当に嬉しい。

なにも望まない。愛してほしいなんて言わない。でも、そんなふうに自分の知らないところで見つめられているだけでもいい。

愛している。心の底から愛している。だから。

あなたは、ぼくが守る。

この命を懸けても、あなたのことは必ず守るから。

凪は怯えたふうを装って、わざと震え声でしゃべった。

「ぼくのことを見守っているなんて見間違えです。あの方にとっては、リアム様が誰よりも大事なのですから」

「リアム、……ああ、あの子か。イリスとは血が繋がっていない義弟だろう。あんな子供は別に、どうでもいい」

「いいえ。確かに義弟でいらっしゃるけれど、心の底からリアム様を愛しておられます」

「いや。彼は、むしろ弟を疎ましく思っているだろう」

「なぜですか。憎むわけがありません。溺愛していると言ってもいいぐらい」

「あの子に家督を継がせたくて、ニコールは躍起になっている。それは充分、疎ましく思う理由になるよ。嫡男として育てられた長男を差し置き、まだ子供の次男にすべてを委ねるなんて、とんでもない話だろう」

その言葉を聞いて、いつか彼女が話をしていた言葉が甦る。

『病弱で繊細なリアムは、伯爵家を出て生きていけないでしょう。だから、あの子に家督を継がせてはどうかしら』

おもねるような、媚《こび》を含んだニコールの声。それを消したくて凪は必死だった。

「いいえ。たとえ周囲が画策しようとしても、イリス様はリアム様を大事に思っていらっしゃる。そのお気持ちに揺るぎはありません」

この言葉を聞いて、彼はおかしそうな表情を浮かべた。

「すごい勢いで断言するね。きみ、イリスが好きなんだろう？」

核心を突かれて、一瞬だけ声が出ない。だが、すぐに気を取り直す。

「ええ。好きです。心の底から、ご尊敬申し上げています。そうでなければ従僕は務まりません。命を捧げても悔いはありませんから」

「認めたね。では、そのイリスが大事にしている子に対して、嫉妬《しっと》しないの？」

「イリス様にとってリアム様は、大切な弟君です。なぜ嫉妬なんて」

フレデリクはなにか言い返そうとしたが、すぐに明るい声を出して話を変えた。

「まぁリアムという子供なんか、どうでもいい。俺の心を捉《とら》えているのは、イリス一人だ。他の人間はどうでもいい。ましてや、伯爵家の人間でもない馬の骨なんて」

彼が皮肉げに言い募ったそのとき。

「フレデリク！　フレデリク、いないのか！」

玄関扉が外側からガンガン叩かれるのを聞いて、あまりの勢いに凪が身を竦める。だが、フレデリクは今度こそ大きな声で笑い出す。

「すごいな、凪！　本当に王子様が迎えに来たよ！」

これ以上はないぐらい喜色を湛《たた》えて、フレデリクは大声で叫ぶ。なにがなんだか凪にはわからなくて呆然としていると、大きな手が肩を摑んだ。

「さぁ、王子様のお出ましだ。愛しのイリス王子がね！」

彼は瞳をキラキラさせて、大きな声を上げだ。

まるで士気を鼓舞する鬨《とき》の声のようだった。

だけどフレデリクは、一体なにを求め、なにと戦っているのだろうか。

□□□

「やあ、イリス。すてきな燕尾服だね」

フレデリクが扉を開くと、眉間に皺を寄せたイリスが、ものも言わず入ってくる。

驚いたことに、その後ろからついてきたのはリアムだった。

「凪……っ！」

緊迫した声がイリスの唇から零れた。それもそのはずで、大きなワンルームの中は見渡せるほどだ。その中に置かれた大きな寝台の上に、凪は縛られていたのだから。

「イリス。どうしてここがわかった？」

「どうしてもこうしても、お前が学生時代から住んでいるフラットに、よくも凪を連れ込んだものだな。その計画性のなさには驚きだ」

呆れた声で言うイリスに、フレデリクは笑ったが、瞳は笑っていなかった。

「計画性のなさか。いいセリフだな。……おっと。迂闊に近寄るな」

凪に歩み寄ろうとしていたイリスに、フレデリクは牽制をかける。凪が戸惑い顔を上げた瞬間、思いもよらない声が響いた。

「凪を放して！」

リアムは甲高い声を発すると、フレデリクを睨みつけていた。線の細い、弱々しい少年とは思えない鋭い顔つきだ。フレデリクは肩を竦めている。

「ようこそ、小さな紳士さん。でも、ここは子供が来る場所じゃないよ」

小莫迦にしきったフレデリクが答えると、リアムは「うるさいっ」と叫んだ。

「今すぐ、凪を放して！　今すぐだ！」

その言葉にフレデリクは怒るでもなく、薄ら笑いを浮かべながら凪の拘束を解いた。そして両手の枷も外し、まとめて寝台へ放り投げる。

「フレデリク。お前はなぜ凪を拉致したんだ」

イリスがきつい顔で睨みつけると、彼は表情は笑ったままで答えた。

「ニコールと抱き合っているところを凪に見られちゃって、彼女が大騒ぎでさ。凪を捕まえてくれないなら、人に頼んで殺すって言い出して。もう」

世間話をするように言うと、懐からふたたび煙草を取り出して火を点ける。

「それでお前はニコールの言いなりになって、凪を監禁したのか」

「だって彼女は面倒だよ。ロンズデール伯爵も、彼女が殺したし。カッとなると、なにをやらかすかわからない。本当に短気だ」

彼の口から伯爵の名が出てイリスの表情が険しくなる。

「ニコールが伯爵を、……父を殺しただと」

「伯爵は病院に到着してすぐ、持薬と痛み止めを飲んだけど、いつもと量が違っていた。伯爵が飲んでいた痛み止めはモルヒネだ。少しでも量が違えば、大変なことになる。爺さん、目も悪いから薬が増えていたことにも気づかなかったんでしょうよと、ニコールは笑っていた」

思い当たる節があるのか、イリスは黙り込んでしまった。伯爵の遺体を解剖に回したいと言ったが、ニコールに一蹴された話は凪もイリスから聞いていた。

体調が悪かった伯爵は、注意力が散漫になっていたのかもしれない。

「遺産目当てか。……彼女は、ロンズデール家の財産を好きに使えていたのに、なぜ」

「限られた金額しか使えないからね。伯爵は堅実で、浮ついたところがない方だった。だが、あの女は派手に暮らしたかった。今夜の夜会がいい例だ。夫を亡くしたばかりの未亡人が、金色のドレスを着て浮かれるのは妙だろう」

フレデリクはそう言うと、肩を竦めてみせた。イリスは彼を見つめ静かに言う。

「お前は、なにが目的なんだ」

フレデリクはびっくりしたように目を見開くと、困ったような顔をしてみせる。

「目的？　目的ねぇ」

「なぜ父が殺されたかもしれないと知っていたのに、なにも言わなかった。なぜ警察に通報しなかった。なぜ私に」

「だって、面白いじゃないか」

真剣に言い募るイリスに、フレデリクはあっけらかんと言い放った。その表情には悪ぶってみせようとか、話を面白くしてやろうなどという悪意もない。

ただ本当に、彼にとって面倒だったのだ。ロンズデール伯爵の死も、イリスの嘆きも。彼にとって自分に関わりがない事例でしかない。

「……そうだったな。お前はいつでも傍観者だ」

その言葉を聞いて、フレデリクは片眉を上げてみせる。

「俺のことに、少しは関心があるのかな。だったら嬉しいねぇ」

「幼馴染みで長年の悪友だ。関心がないほうが嘘だろう。お前は金に興味はなく、享楽的に暮らせればそれでいいって奴だ。そのお前がなぜ、ニコールに関わり伯爵殺しに加担したんだ」

黙って聞いていたフレデリクは、ぷっと笑い出す。場にそぐわない、無邪気な微笑み。

無邪気だからこそ、深々と恐ろしさが沁みるようだった。

「イリス、間違えるなよ。俺は、あんな女のくだらない企みを手助けしていない。伯爵が亡くなったことと俺は、まったくの無関係だ」

そこまで聞いていたイリスは、訝しげな瞳をフレデリクに向けた。

「じゃあ、お前の目的はなんだ。なぜ凪を連れ去った。それとも、目的はないのか」

凪はそこで眉を寄せた。先ほどイリスを殺してほしいといったのは、他ならぬフレデリク本人だ。その彼が今さら己を庇おうとするのか。

「凪はわけがわからないといった顔をしているね。そりゃそうか。先ほどはイリスを殺してくれないかと、俺が頼んだのだから」

「なんだと……？　お前が私を殺すというのか」

呆然とした様子のイリスに、彼はうっすらと微笑んだ。

恍惚と言っていい表情だった。

「フレデリク、お前はやはりニコールと共謀して、ロンズデール伯爵家の財産が欲しかったのか。私たちの友情など、どうでもいいのか……っ」

戸惑ったように言い募るイリスに、フレデリクは心外そうに眉を顰めている。

「莫迦なことは言わないでくれ。俺は金なんかいらないよ」

「では、なにが目的なんだ。ニコールか。それとも」

「お前は、本当にわからない奴だなぁ。俺は、ニコールのような欲に目が眩《くら》んだ愚かな女も金も、どうでもいい。俺は、ただお前がほしい。お前を殺したい。死んだお前を抱きしめたい」

「なに？」

「心臓が停まったお前を抱きしめて、その頬にくちづけたいだけなんだ」

「……意味がわからない。いや、わかりたくない。死体を愛好する、ネクロフィリアという輩がいるのは、なにかで聞いたことがある。お前はそんな特殊な性癖か」

イリスがそう言うと、フレデリクは弾けたように笑い出した。

「そりゃまた、ずいぶん話が飛躍するなぁ！　俺は別に、死体愛好なんかじゃない。他の奴らの死体なんか、真っ平ごめんだ。俺の坊や。俺はお前の死体しか、ほしくないよ」

歪みきった欲望を吐露《とろ》すると、フレデリクは嬉しそうな笑みを浮かべる。その屈託のない微笑が、なんとも恐ろしいと凪は思った。

彼は病んでいる。それも、かなり根深く。

ぞっとするような話をするフレデリクを睨みつけながら、凪はイリスとリアムをこの部屋から逃がす方法を考える。

今、目の前にいるのはイリスの幼馴染みでも、長年の友人でもない。長い時間をかけて培ってきた信頼できる友人の仮面を剝いだ、誰も知らない生きものだ。

この病的な男を、これ以上イリスに近づけたくない。なにがあっても二人を守る。

そう。たとえこの命を擲《なげう》ってでも、イリスとリアムは守り抜く。

「お前が、なにを言いたいのか私にはわからない」

イリスが困惑した声を出した。それも当然だ。だがその声を遮ったのはフレデリクだ。

「昔からお前のことが誰よりも嫌いで、誰よりも誰よりも、愛おしくてならなかったよ。俺の坊や」

フレデリクの口癖、『俺の坊や』という一言が、昏い室内に虚しく響く。

恋人に愛を囁くような声で彼はイリスを呼び、手を差し伸べる。だが、その手には、銀色に光るものが握られていた。ナイフだ。

掌《てのひら》に収まるほどの小さな折り畳みのナイフを、こちらに刃を開いて向けて見せている男の表情は、どこか夢を見ているようにも見えた。

「やめて！」

幼い声が、二人の男の間に割って入る。リアムだった。

「にいさまを刺すなんて、絶対にだめ！」

無垢な少年の、正義を訴える叫びは聞く者の心が締めつけられる。だが。

だが、フレデリクだけは違っていた。

彼は面白そうな表情をしてはいたが、瞳は凍りつくように冷たかった。

「ああ、うるさい。…子供の声は甲高くて、本当にイライラする。少し黙るか出ていくか、それとも縛られて地べたに転がるか、どれかにしてくれないか」

いつも陽気で明るい青年であったのに、今の眼差しはまったく違う。リアムを疎《うと》んでいると言ってもいいぐらい、物憂げだった。

「そもそも、お前の母親が問題だ。金持ちや若い男を見れば、誰にでも尻尾を振る牝豚が」

下品な言葉でニコールを愚弄《ぐろう》するフレデリクは、どこか残酷な瞳をしていると凪は思った。

普段はフェミニストの彼が、ここまで女性を辱《はずかし》めるなんて。

「お、お母様は牝豚なんかじゃない……」

リアムの憤りに、フレデリクは眉を片方だけ上げる。

「そうだな。お前の母親は牝豚じゃない。豚は清潔好きだし、たくさん産んだ子供は全部食べられる。だけどニコールは一人しか子供を産まなかったし、その産んだ子供は食べることもできず、のうのうと伯爵家の財産を食い潰している」

「フレデリク、やめろ」

イリスが暴言を止めさせようと二人の間に立ち塞がった。フレデリクが持つ刃など、眼中に入っていないかのように。

そんなイリスを見てフレデリクは唇の端を歪めるようにして笑った。

「イリス、教えてやろうか。お前が弟だと思ってかわいがってきたこいつは、お前の父親の子供じゃない。ニコールはロンズデール家に嫁いで早々に不義を犯したんだ」

「フレデリク、やめるんだ！」

「あの女は結婚前、伯爵とは別に他の男と懇《ねんご》ろだった。その男との間にできた子供を伯爵の種だと騙して、まんまと結婚まで漕ぎつけた。とんでもない淫売だよ！」

だがイリスは毅然《きぜん》とフレデリクを見据えて言い放った。

「お前にニコールを責める資格はない。彼女と関係を持っていたのは、フレデリク、お前だ！」

□□□

その場が一瞬にして凍りつく。

だが当事者のフレデリクは、まったく態度は変えなかった。

「やっぱり、お前は気づいていたか。イリス、お前の脳細胞は素晴らしいねぇ」

「気持ちが悪いことを言うな。とにかく、リアムが伯爵の子供でないことは知っている。私だけではなく、父も承知していた」

この発言にリアムも、そしてフレデリクも驚きを隠せなかった。

「伯爵がリアムを、自分の子供でないと承知していた？　そんな莫迦なことがあるか」

「お父様は、どうして……、どうしてそんな」

リアム自身もショックのせいか、真っ青な顔をしている。凪はそんなリアムを庇うように、華奢な身体を強く抱きしめた。

これ以上、フレデリクが発する汚い言葉を、聞かせたくない。リアムは天使のままでいてほしいからだ。

「リアム、父上はきみを愛していたよ」

弟を庇うように、イリスが静かな声で話しかける。この場にそぐわない、とても穏やかな声だった。

「そんなの嘘だ。だ、だって、お父様はぼくを嫌って避けていたもの。ぼくが嫌いだから……」

「そうじゃない。父上は、きみを大事に思っていた。確かに、自分の子ではないと知っていたのだから、複雑な感情を抱くのは当然だろう。だが、きみのかわいらしさや聡明さを、なにより愛しく好ましく思われていた」

「にいさま……」

「父上の部屋に、きみが切った花を持っていったとき、殊の外お喜びだった。お休みになられるとき花を下げようとしたら、置いておくように言った。きみから贈られた花だからだ」

その言葉を聞いた瞬間、リアムの両目から大粒の涙がこぼれた。

訃報《ふほう》を耳にしたときから、ずっと気丈に振る舞っていた彼が、人前で初めて泣いたのだ。凪はそんな幼子を、強く抱きしめる。

フレデリクはそんな様子を、面白くもなさそうに見つめていた。イリスはそんな彼に鋭い眼差しで、ふたたび向き合う。

「父は年が離れた若い花嫁を尊重し、好きなようにさせていた。だが、彼女は私の幼馴染みとも通じていた。それでも父は彼女を許した。私の母を早くに亡くしていたから、今度の結婚は妻を倖せにしてやろうと思っていた」

「だが伯爵はニコールに殺された。彼の思いやりは、すべてが裏目に出たわけだ」

どこか面白い話をしているようなフレデリクに、イリスは眉を寄せた。

「フレデリク。お前はなぜ彼女が、私の義母だと知っていたのに、ニコールと関係を持った」

「あの女がお前の義母だからこそ、食指《しょくし》が動いた。でも、結局はただの淫売だったね」

厳しい面持ちでフレデリクを睨むイリスからは、どこか悲しみさえ感じられると凪は胸が締めつけられる。

もうこれ以上、彼を苦しませないで。

自分が彼を守ってあげられるなら、どんなことでもしてみせる。だから、これ以上、彼を傷つけないで。

「あんな女、どうでもよかった。ただ、お前と同じ金髪だったから、ロンズデール伯爵家に縁のある人間だから、興味が湧いた。それだけで愛情なんかない。お互い、ただの遊びだ。だが、あの女は妊娠してしまい、伯爵の子として産むと言い張った。まったくの想定外だ」

「なぜニコールは出産しようと決めたんだ。いや、なぜお前と逃げなかった」

フレデリクは肩を竦め、どうでもいいというふうに笑った。

「さてね。伯爵夫人の地位が欲しかったのと、子供への愛情か。どちらにせよ、ただの情事の結果に、情があったか謎だけど、興味はないね」

フレデリクが軽く言った『情事の結果』が、ここにいるリアムだ。

愛情もなく戯れの色事で宿されてしまった命。だけど、今ここに存在している人間。

「あーあ……。うまくいかない。本当にうまくいかないよ」

フレデリクは歌うようにそう言うと、光るナイフを見せつけるようにチラつかせる。

「なぁ、イリス。お前もそう思うだろう。なんでなにも、うまくいかないのかなぁ」

「ナイフを寄越せ」

「うー…ん。なんかさあ、なにもかもが面倒だ。もういっそ、すべてを終わらせたい」

そう囁きながら、彼はナイフをイリスに向けた。

それから晴れやかな笑顔を向けてくる。

「イリス、もう全部、やめにしないか。…俺と一緒に死ぬのはどうだ」

「なにを言い出すかと思ったら。突拍子もないな。真っ平だね」

間髪入れずに即答したイリスに、フレデリクは大きな声で笑った。

「即答かよ。つれないな」

「お前が刹那的《せつなてき》で、その上、享楽主義なのも知っている。だが、そんな下卑《げび》た欲望に私を巻き込むな。なにより凪を拉致するなんて、もっての外《ほか》だ！」

イリスが発する怒号に、凪の身体が震える。

自分みたいな人間を、大切にしてくれる。

こんなところに来てくれただけじゃない。凶器を持つフレデリクに、正面から立ち向かってくれる。自分なんかのために。

この人を、好きでよかった。

この人のためならば、人生を懸けられる。そうだ。自分のすべてを擲ってもいい。

今まで受けたご恩を返せるのなら、どんなことでもできる。そう、どんなことでも。

「……まぁね。思いが通じるなんて都合のいいことは、考えてない」

おかしくもないのにフレデリクは笑い、小首を傾げる。

「でも、気持ちが届かないなら、いっそお前になりたかった」

理解しがたいことを呟き、彼は持っていたナイフを自分の首筋に当てた。

「俺は、この世のすべてが嫌だった」

「おいフレデリク、やめろ……」

「男爵家の三男なんてクソみたいな立場も、生ぬるい周囲も、誘えば簡単になびく男も女も、なにもかもが嫌すぎた」

明るく、飄々としていた青年の口から紡がれるのは、呪詛《じゅそ》に似た言葉ばかり。

いつも見せていた陽気な顔は、ただの仮面。

彼は世界に絶望し、美しい幼馴染みに恋い焦《こ》がれていた。凪は瞬時に理解する。

この青年は誰にも言えない昏い闇を抱えていたのだと。

「遊び相手だと思っていた女から子供ができたと言われても、実感も愛情も湧くはずがない。気持ちが悪かった。自分の血を分けた奴が存在すること自体、気持ちが悪くて、どうしようもなかった」

目の前にリアムがいるのに、フレデリクは堰《せき》を切ったように呪詛をまき散らす。いつも陽気で明るく冗談ばかり言っていた彼は、人が変わったような昏い目をしていた。

(こんな彼は見たくない。…いいや、リアム様に見せてはいけない)

本当の父親である青年の口から、これ以上の恨みつらみを聞かせたくないと思った。

「凪！　危ないっ！」

次の瞬間。凪は飛び出してフレデリクの手を摑み上げた。

その背後でイリスがなにかを叫んでいたが、頭が熱くなりすぎていて、なにを言われていたか聞こえなかった。

「やめて、凪！　やめて！」

リアムの叫びが聞こえ、ふいに凪の過去が鮮やかに甦る。

これは、あのときと同じ。

あの、はしるくるまの、なかと、おなじ。

凪の脳裏を過ったのは、暴走する車を運転する父親の姿だ。

彼は家族を乗せた車のアクセルを、思いきり踏み込んだ。妻と子を殺すことが最善の道だと思い込んだゆえの、愚かすぎる選択。

あのときと同じ恐怖に、凪の身体が凍りつく。

だけど歯を食いしばって、きつい眼差しで前を見た。前を。前だけを。

お父さん。

死ぬことが最大の救いだと考えたあなたは、絶対に間違っている。

生きる。歯を食いしばってでも生きる。それが人間です。

あなたは立派な大人だったけれど、あまりに未成熟すぎた。今、ぼくの目の前に立つフレデリクと同じぐらい幼稚です。

「どけ！　どけというのが聞こえないかっ！」

男の怒号が響く中、凪がナイフを取り上げようとすると、腕に痛みが走った。だがその痛みに構うことなく身体が動く。

フレデリクに摑みかかろうとすると、また空を切る音がした。

「凪、やめろ！」

「イリス様、下がってください！　下がれ！」

イリスの叫ぶ声が聞こえた。加勢しようとする彼を、凪は一喝《いっかつ》する。

この場でリアムと、そしてイリスを助け出せるのは自分しかいない。

どんなことがあっても助ける。たとえ、彼の刃に倒れたとしても、この二人を救う。それが自分の使命だ。

十年前、一人だけ生き残った理由はこれだ。今、このためだ。

お父さん。ぼくは、あなたとは違う。絶対に違う。

誰にも殺させない。

誰も死なせない。

それがぼくの人生であり、貫くべき、ただひとつの矜持だ。

「凪！」

イリスの鋭い叫び声が聞こえた瞬間、身体が壁に叩きつけられ目の前に星が散った。なにが起こったのかと思ったら、左肩に熱を感じたのだ。

肩に突き刺さっているナイフの柄を見て、思わず口元に笑みが浮かぶ。

武器を奪えた。フレデリクはもう、丸腰だ。

「貴様ぁっ！」

酷い音がして、イリスがフレデリクを殴り飛ばした。彼は大きなガラス戸棚にぶつかって崩れ落ち、そのまま動かなくなった。

「凪！」

イリスは倒れ込んだフレデリクを顧《かえり》みることなく凪に走り寄ると、肩に刺さったナイフに触れようとした。だが、背後から「待って！」と大きな声がした。

部屋の隅で震えていたリアムだ。

「身体に刺さったナイフを抜いちゃ駄目！」

「あ……っ」

その鋭い叫びを聞いた瞬間、イリスは凶器に触れようとしていた手を引っ込める。

「……ありがとう、リアム」

刃物が体内に突き立てられた場合、凶器を引き抜くことにより、大出血に繋がる可能性が非常に高い。そのため刺さった刃物は、絶対に引き抜いてはならないのだ。

「前に読んだ本に書いてあったの」

「きみの言うとおりだ。大変なことをしでかすところだった」

イリスはそう言うと戸棚からタオルを探し出し、ナイフが動かないように肩の周りに巻き付けた。それから凪の身体を抱きかかえるように座り、弟を見る。

「リアム。隣か階下の家に頼んで、救急車の手配をしてくれ。できるか？」

「はい！」

リアムが走って部屋を出ていくと、イリスは凪の顔を覗き込んだ。

「凪、凪。すぐに救急車が来る。心配いらないよ。大丈夫だからね」

優しい声で囁くイリスに、凪は頷いてみせた。自分よりも彼のほうが、きっと青い顔をしているに違いない。

「大丈夫です。不手際をお見せして、申しわけございません」

「もう話さなくていい。気を楽にして、ゆっくり息をして」

そう言われて痛む肩をじっくり見てみると、信じられない角度にナイフが深々と突き刺さっている。その凶器が目に入った瞬間、クラクラした。

（こんなものが刺さって、よく生きているな）

「どうした？」

凪を気遣ってイリスが話しかけてくれるが、それにちゃんと答えられない。今の状況は衝撃が強すぎた。

「もう、こんな無茶をしないでくれ」

イリスの声が微かに震えているのに気づき、自分の無鉄砲さが恥ずかしくなる。

「申しわけありません、でもあなた方がご無事でよかっ……」

ふいに耳が遠くなったように、声が小さく聞こえる。

え？　と思った瞬間、体内の血が引いていくような感覚に陥った。大きく身体を震わせると、
イリスが凪の頭を抱える。

「凪、急に震え出してどうしたんだ。しっかりしてくれ。……くそっ。救急車は、救急車はまだ来ないのかっ」

イリスはそう言うと、凪の唇にくちづけた。しっとりした感触を受けて、初めて自分の唇がガサガサだったと気づく。

こんな荒れた唇にキスなんてしちゃだめ。

そんな場違いすぎることを思っておかしくなったが、笑う余裕がなかった。身体中が震え始めて、自分では抑えられない。

「しっかりしてくれ。くそ、……リアム！　リアム、救急車はまだかっ！」

信じられないぐらいの大声でイリスは叫ぶと、苦しそうに目を瞑る。深い痛みに耐えるような表情は、悲痛そのものだった。

意識が途切れそうになった凪が呻《うめ》くと、イリスが慌てて顔を覗き込んでくる。

「凪、私はきみを愛している。聞こえているか、愛しているんだ」

悲痛な声の告白に、凪の意識が引き戻された。

冗談でもなく、褥《しとね》の中の睦言でもない。この真摯な響き。これは夢なのか。それとも死へ旅立とうしている自分に、神が与えてくれたご褒美《ほうび》か。

「死なないでくれ。生きて、共に私の傍にいてくれ。一生だ。一生、ずっと共に歩んでくれ。きみ以外に私の伴侶はいない。凪……っ」

イリスはそう囁くと、凪の唇を塞いだ。くちづけられていると、肩の痛みも、身体の冷たさも感じないみたいだ。

「凪、お前の主人が命じているのが聞こえないか。目を開けろ。開けろ、開けろ、……頼む、開けてくれ、凪、…逝かないでくれ！」

いつも凪を『きみ』と呼び、紳士な態度を崩さなかったイリスが、『お前』と言って、必死な声で自分を呼んでいる。

応えてあげたかった。目を開き、いつもと同じ顔で『はい、イリス様』と答えたかった。

『大丈夫、なんの心配もいりません』と笑ってあげたかった。

だけど、身体中の力が抜けていく。寒い。凍りつきそうに寒い。意識が遠のきそうになる。なにもかもが、溶けてしまいそうになる。

駄目だ。今ここで目を開かなくては、きっと戻れない。こんな声を出しているイリスを一人にしておくことはできない。

必死の思いで瞼を開くと、真っ青な顔をしているイリスの顔が目に入った。

（かわいそう、泣いている）

刺されたほうとは逆の手を差し出すと、強い力で握りしめられる。その手は酷く冷たく、そして震えていた。

「イリス様……、ぼくは」

「しゃべらなくていい。大丈夫だ。お前は助かる。絶対にだ！」

そう叫ぶイリスの瞳が潤んでいるように見えた。どうしたのだろう。

意識が途切れそうになりながら、揺れる手で彼の頬に触れる。濡れていた。

涙だ。

父であるロンズデール伯爵が亡くなったとき、彼は毅然と振る舞った。自室に戻って静かに泣いたイリスが、今、隠そうともせず泣きながら慟哭《どうこく》している。

凪のために。凪を失いたくないと、そのために。

眉を寄せ絶望のために涙する美しい人の頬を震える指で触れると、痺れるように熱い。

この人を守るために、自分は生まれた。

彼に出逢うために、今までの人生はあった。あの不幸な事故も、深い痛みも、長い慟哭も、なにもかもが、この人のためにあったのだ。

「凪、凪。目を閉じるな。凪、頼む、私を見てくれ」

ふたたび意識が遠くなる。それを感じ取ったイリスが、必死の声で自分を呼ぶのが聞こえた。けれど、瞼が重くて思いどおりにならない。

そのまま深い深い水の底に、落ちていくみたい。


――――――静かだ。


イリスの声も、自分の呼吸の音ももう、聞こえない。どうしてこんなに静寂なのか。

その無音の世界で、一人の子供がいた。男の子だ。ふわふわと浮いている。なんだか楽しそう。くるくる動く大きな瞳。薔薇色の頬。小さい唇。

薄れゆく意識の中で気がついた。あれは、あの少年は凪だ。彼は小さな声で歌を口ずさみながら、スキップしていた。

『神さま。ねぇ神さま』

少年の凪は天に向かって、歌の続きのように囁いている。

『神さま。事故のとき、ぼくのお願いを聞いてくれなかったでしょう』

ちょっと拗《す》ねた声で、文句を言っている。その様子が、かわいらしい。

『お父さんとお母さんを助けてって、一生懸命お願いしたんだよ。でも神さまは、お願いを叶えてくれなかったよね』

子供の凪は、ちょっと淋しそうに言ったあと、『でも、いいや』と呟く。

『今度こそ、ぼくのお願いを本当にしてね』

そう言うと、無垢な表情で天を見つめた。本当に神と対話しているようだ。

『お願い叶うの、うれしいな。ぼくのお願い、なににしよう、ええと。ええとね』

そのとき、消えたと思った声が聞こえた。イリスだ。

「凪！　しっかりしろ！　誰か、誰か助けてくれ！　誰か、ああ、……神よ……！」

薄れていく意識の中で、イリスの悲痛な叫びが耳に残る。

「神よ、どうか凪をお助けください。どうしても誰かを思し召《おぼめ》しになるといわれるのならば、私の命を奪ってください……っ」

信じられないことを言うイリスを、凪は止めようとした。だけど、瞼一つ動かない。

そんな二人を、子供の凪はじっと見つめていた。

「私はもう充分、生きました。青春時代も送った。人生を謳歌した。だが凪は子供の頃に事故に遭って、ずっと苦しんできた。つらい思いばかりしてきた。この子の人生は、まだ始まってもいないんです……！」

そう叫ぶと彼は大きく息を吐き、震える声で囁いた。

「私の命を凪に譲ります。だから神よ、彼をお救いください。神よ……っ」

イリスの声を聞いて、天を仰いでいた子供の凪は首を傾げた。

『どうしたの？　どうして泣いているの？』

小さな凪は彼に近づくと、動かなくなった凪の身体を抱きしめ泣いているイリスの背中を、ぽんぽん叩く。

『泣かないで』

まるで赤ん坊を、あやしているかのように優しく、とても優しく。

『イリスを泣かせるやつがいたら、ぼくが許さない。やっつけてあげる』

凪は彼が反応しなくても構わず、にっこり微笑んだ。

天使の微笑み。慈愛に満ちた優しさ。

『だから大丈夫。泣かないで。イリスはいつも笑っていて』

「凪、目を開けてくれ！　頼む、頼むから私を見てくれ！」

小さな凪の声に被さって、イリスの絶叫が響く。聞く者の心の琴線《きんせん》を震わせる声だ。

「凪！　私を置いていくな！　凪ぃ――――っ！」


神さま神さま。ぼくのお願い、決まったよ。

あのね、今すぐイリスを救ってあげて。いつもの優しい日常に戻してあげて。

イリスはね、いっつもカッコいいの。万華鏡みたいにキラキラした瞳でね。それでね、いっ

つも、優しいの。優しいの。大好きなの。
だからね、イリスを救ってください。
ぼくはいいの。もう、いいの。だから。
神さま。
おねがいします。

10

大きな病院の中、ロンズデール伯爵家の計らいで入った特別室は、広く明るい。その病室で子供の声が響いた。リアムだ。

「凪は、どうしてそんなに無鉄砲なの！」

今日の彼は上下揃いのツイードに身を包み、共布のベレー帽を被っている。とてもかわいい英国紳士だ。だが、その顔はぷんぷん怒っていた。

その怒りの矛先は、当然ながら凪だ。

フレデリクの部屋で彼に刺された凪は、外傷性ショック状態に陥った。折よく駆けつけた救急隊員が施した蘇生措置が功を奏し、すぐさま病院に連れていかれて一命を取り留めた。だが一歩間違えば、あわやという事態だったのだ。

そのまま緊急入院となり意識も回復して、一般病棟に戻された。

近親者に見舞いが許され、まず入ってきたのはイリスではなくリアムだ。

彼は今回の事件に遭遇し、いろいろとつらい目に遭ってしまった。だが、そのせいかどこか肝《きも》が据わった少年へと変化していた。

「リアム様。お声が大きすぎます。いくら特別室とはいえ、ここは病院で」

「ぼくだって、大きな声、嫌いだよ！　でも、凪が悪いんだからね！」

凪は寝台で上半身を起こした恰好だったが、まだ起きて動くことは許されていない。肩にカーディガンをはおり、話を聞いていた。

（リアム様は急に大人びた。少年期の成長はすごい。自分もこんな時期があったのか）

リアムの怒りとは裏腹に、呑気に感慨に耽るのも無理はない。いつもならば屋敷の自室から出ることもできず震えていた繊細な子供だったのだから。

でも今回は違う。自ら「凪の見舞いに行く」と言い出したそうだ。さすがに執事は伯爵家の車を手配させたが、同行者はリアムが断るという青天の霹靂だった。

「夢中で頭が熱くなってしまって、申しわけありませんでした。反省しています」

凪がそう言うと、リアムは肩を竦めて溜息をついた。

「……ぼくね、怪我している凪を怒りたくないの。でも……」

「わかっております。凪が不注意すぎました。ご心配をおかけして申しわけありません」

「ううん。そうじゃないの。凪は謝っちゃだめ。怪我しているのに、ぼくに気を遣わないで」

口調は愛らしいままだ。だが、大人びた表情で溜息をつく姿は、「私のベィビィちゃん」とイリスがベタベタに甘やかしていた子のものではなかった。

母の不貞と伯爵殺しという大罪。そして自分の父親が、兄の親友だったという複雑すぎる状況を乗り越えて、幼年期に別れを告げたのだろうか。

「凪は謝らないでいいの。それより、……にいさま、お見舞いは大事だけど、一日中ずっと凪にべったりって、どうかと思う。凪が寝られないよ」

さっくり言って視線を窓際へ移すと、そこには壁際に置いてあるソファに肘をかけ、ゆったりと座るイリスだ。

自堕落にも優雅にも見える彼の姿からは、弟の小言もこたえていないように見える。

「心配だから仕方がないだろう。それに私は、警察の対応に追われて疲れたんだ。心の底から疲弊したから、少しぐらい癒《いや》されたいと思ってもいいはずだ」

「……ふーん…」

なんとも冷ややかなリアムの態度に、凪はちょっと笑った。

確かにここ数日、イリスの疲労が極限に達していたのは事実で、ここにいる凪もリアムもちゃんとそれはわかっていたのだ。

義母であるニコールは夜会の最中、警察に連行された。唯一の救いは、逮捕でなく任意同行という形であったことか。その件でイリスも事情聴取されていた。

なにより彼の心を痛めつけたのは、既に埋葬が終わっている伯爵の棺を掘り起こし解剖に回されることだったろう。

亡くなってすぐに解剖を申し出たイリスだったが、犯罪の発覚を恐れたニコールに阻止され、埋葬されてしまった。それゆえ一度は土に埋めた遺体を掘り起こすというのは、彼にとって精神的なダメージが大きかっただろうと、凪は痛ましく感じた。

今さらながら、ニコールという悪女に憎しみが募る。

彼女はまだ殺害を否認しているが、私室からモルヒネが発見された。重篤な患者にのみ痛み止めとして処方されるこの劇薬は、阿片から抽出されることでも有名だ。量を間違えて服用すれば、ほんの少しの量でも命に関わる劇薬だった。

ニコールはロンズデールの屋敷に来る前は、看護師として働いていたらしい。薬学の基礎は勉強していたし、副作用の知識についても常人より遥かに長《た》けていただろう。その彼女が伯爵に劇薬を飲ませたのだ。

今後、事件を追及されていく。それはリアムにとって、とてもつらいことだ。実の母の犯罪が、詳《つまび》らかにされてしまうのだから。

「凪が気を失ったあと、すぐに救急車と警官が駆けつけた。私はフレデリクが逮捕されるのを、傍で見ていたんだ」

ふいの言葉に凪が顔を上げると、イリスと目が合う。彼は無表情だったが、瞳は雄弁にその思いを物語っていた。

彼の思い——悲しみだ。

イリスは心の底から切なさを湛えた瞳で、凪を見つめた。

「あいつは連行されるとき、私を見た。無言だったが、優雅に微笑んで会釈された。なんだか頭の芯が痺れたみたいだった。悪い毒にやられるって言うのかな」

そう言うとイリスは目を眇めるみたいな表情を浮かべ、凪の手を強く握りしめた。

「なにより悔しいのは、きみを守れなかったことだ。……私は失格だ」

「失格？　なんのことですか」

「愛する者を守りきれなかった男は、恋人失格だ」

恋人。突然そんなことを言われても、どう反応したらいいのか。しかも目の前には、リアムもいるのだ。

「こ、恋人だなんて、失格だなんて、そんな。なにをおっしゃっているんですか」

「きみが、むざむざと刺されるのを止められなかった。失格だろう」

「イリス様は失格なんかじゃありません！」

そう言ってからハッとなってリアムを見たが、彼は知らんふりの様子だ。

こんな子供に気を遣わせるなんてとイリスを睨むと、彼は予想外な表情を浮かべていた。ひどく悲しそうな、憐憫《れんびん》を帯びた面持ちだったのだ。

「……どうなさったのですか」

「フレデリクは私に、なにを期待していたのかなと思って」

不意に、ここにはいるはずもない男のことを言われて、凪は言葉に詰まる。

「私の恋人になりたいわけではないと言っていたが、では、私にどうしろというんだ。結局、奴がなにを求めていたのか、わからないままだ。……いや、理解しようとするほうが、間違っている。あいつは、狂っていたから」

呟くようなその声に、どう返していいかわからなくて凪も言葉を失った。

フレデリク・ダドリー。リンド男爵の三男坊。彼は、なにをイリスに求めていたのだろう。恋人になってほしかったのか。兄弟を求めていたのか、師として仰ぎたかったのか。それとも、もっと別なものになりたかったのか。

フレデリクの心の中で作ったジオラマ。思いどおりに動かせていた『親友』のイリス。だけど現実は違う。なにひとつうまくいかない。彼が呟やいていた言葉どおりだ。

フレデリクの心はいつでも乾いて満たされず、干上《ひあ》がっていたのだろう。

「彼は、今後どうなりますか」

「伯爵の殺害には関与なしと、警察は断定した。殺害はあくまでもニコールの単独犯行だった。フレデリクが陰でどう操っていたかはわからないがね」

そう言うとイリスは溜息をついて、額に手を当てる。

とても疲れているように見えた。

「彼は、きみを誘拐した罪と傷害には問われるが、腕のいい弁護士がつけば、執行猶予になるだろう。そのあとは精神鑑定に回されても、精神病院に入ることはない。あいつは腐っても、リンド男爵家の子息だ」

イリスと凪が黙り込んでしまうと、傍にいたリアムが小さく呟いた。

「ごめんなさい。お母様とフレデリクが…」

「きみが謝る必要などない。悪いのは彼ら自身で子供には、なんの咎もない」

イリスはそう断言した。隣にいる凪も大きく頷く。

「きみがロンズデール家を継がないというのなら、好きな道を歩みなさい。どんな仕事でも構わない。誇りを持ってできる仕事をするんだ。その仕事は、きみの一生の力になる。そして将来、きみの母親が罪を償ったら一緒に暮らすのもいいだろう」

そう言われて、少年の瞳がみるみるうちに活力を取り戻し、きらきら輝く。見ていた凪が驚くぐらい、一気に生命力がみなぎっていくのがわかった。

「……はい……っ」

そうリアムが頷くと、イリスは彼の頬にチュッとキスをする。されたほうのリアムは冷ややかな眼差しを向けるだけだ。

「にいさま、いきなりなに？」

「いや。私のかわいいリアムを見ていたら、気持ちが抑えられなくて」

「そんなのダメ！　ロンズデール伯爵家の継承者になるの。もっと、ちゃんとして！」

「ちゃんと……、はい」

「これからはね、にいさまがロンズデール伯爵家を盛り立てていくの。だから、ちゃんとして！　もっと頑張って！　だって、にいさまなんだもの！」

「はーい…」

十歳にも満たない幼子に、「ちゃんとして」と言われたのが、かなりのショックだったらしい。イリスは気が抜けた返事をするばかりだ。だが。

リアムは強気の発言とは裏腹に、目を伏せ何度も瞬きを繰り返していた。だが、次の瞬間きらきらした滴が頬にこぼれた。

「リアム、どうしたんだ。なにを泣いている」

イリスと凪が突然の涙に慌てていると、彼は涙を拭おうともせずに言った。

「お父様みたいに立派な、……かっこいい伯爵様になって」

最後の一言は囁き声だった。それでもイリスには、ちゃんと届いていた。

伯爵はリアムが幼少の頃から臥せりがちだったけれど、それでも彼にとって凛々《りり》しく頼りがいのある父は、誇りだったのだ。

イリスは幼い弟を強く抱きしめると、性懲《しょうこ》りもなく髪にくちづける。今度はリアムも、おとなしく文句を言わなかった。

「……ぼく先に帰る」

「もう？　では車はきみが使いなさい」

リアムは挨拶もそこそこに扉に向かった。多分、抱きしめられたのが恥ずかしかったのだろう。なんとなく耳が赤い。

「あ、いっけない」

ドアを開けようとしたリアムは、なにかを思いついたように凪に向かって戻ってくる。

「どうされましたか、リアム様」

「ぼくね、ちゃんと凪にお礼を言っていなかったのを思い出して」

「お礼？」

「あのとき、凪がフレデリクに向かってくれたのは、ぼくのためでしょう」

図星を指されて言葉を失ってしまったが、リアムは構わず話を続けた。

「あいつ、フレデリクが悪いことばっかり言っていたから、ぼくに聞かせたくないって思ったのでしょう」

リアムの口から『あいつ』という言葉が出て、びっくりした。今まで、そんな荒い言葉を遣ったことなどなかったのに。

「そんな言い方はいけません。凪は乱暴な言葉が大嫌いです」

「……ごめんなさい。気をつけます」

諌《いさ》めた凪に、リアムはちょっと肩を竦めて謝った。以前の彼ならば凪に大嫌いなどと言われた瞬間に、泣き出しただろう。

(子供って、一気に大人になるんだなぁ)

一抹《いちまつ》の淋しさに囚われていると、いきなり頬にキスをされた。リアムだ。

驚いた顔をしてみせると、彼は悪戯っ子のような表情を浮かべている。

「凪の勇気と深い献身に、心から感謝します。ありがとう」

大人びた感謝の言葉を告げると、凪になにも言わせないままリアムは手を振って、病室を去っていく。鮮やかな退出だった。

「……私の大事なベィビィちゃんが、大人になってしまった」

「本当に、お強くなられましたね」

子供が成長したのだから、ここは保護者として喜ぶべきだ。だが、心の底から惜しがっている声を出すイリスに、凪は苦笑を浮かべた。

「私は小さくて、幼《いと》けないものを甘やかしたいんだ」

突然のイリスの言葉に、凪は何事だと眉間に皺を寄せた。

「いきなり、なんのお話でしょうか」

そう言われて彼は憮然とした様子で、凪を見つめてくる。万華鏡の瞳だ。

「リアムが大人になってしまった。あの子が怯えて私に縋ってくる瞳ぐらい、かわいらしいものはなかったのに。……あとは凪、きみだけだ」

「は？」

「もう早く退院して、また一緒の寝台で寝よう。きみがどんな悪夢を見ても私は傍にいて、抱きしめてあげるからね」

「あ、それ結構です。ぼく、もう大丈夫になりました」

凪の一言を聞いて、イリスは本気で眉を寄せてしまった。

「どういうことだい。大丈夫って、なにが」

「気持ちに整理がついたのか、両親の事故を思い出すこともないし、病院で寝ているのに、ぜんぜん怖くないです。ようやく過去と決別できたみたいです」

この言葉に、イリスはかなり衝撃を受けたようだった。

表情をなくし、虚ろな目を凪に向けてくる。そして昏い声で呟いた。

「そんな……、そんな酷い……」

本来ならば喜ばしいことだというのに、イリスにとっては絶望に近い言葉だったらしい。

「リアムだけでなく、凪も大人になってしまったなんて、淋しすぎる」

九歳児と同列に考えられていたのかと、ちょっと複雑な気持ちになるが、にっこり微笑む。

「でも、ぼくはイリス様がいないと駄目みたいです」

「駄目って、なにが？　夜の添い寝は必要ないのだろう」

ほんの少し拗ねた響きの声で問われて、おかしくなる。

「だってぼくたちは、恋人同士でしょう」

「凪……」

この人が素直でないところを見せるのは、多分、自分にだけ。

ロンズデール伯爵家の、若く美しい当主であるイリスの、子供っぽいところを知っているのは、凪だけなのだ。

そう思うと、言いようのない愛おしさが募ってくる。

「イリス様が一緒に寝てくださるから、怖い夢も見ない。朝になると、きれいな万華鏡が見られる。だから、ずっと二人でいたいです」

「万華鏡って、なんのことだい」

「……秘密です」

まさか、あなたの瞳は万華鏡のようだからなどと言えるはずもなく、それ以上なにも言うことはできなかった。

「気になるな、白状してくれるまで、私はここを動かないぞ」

寝台に座り込んでしまったイリスの柔らかな髪に指を絡ませて、何度も撫でる。

「イリス様。そんなところに座っていると、看護師さんが入ってきたときに困りますよ」

「私は別に困らないよ。困るのは凪、きみだ」

駄々っ子のような屁理屈を言いながらイリスは凪に抱きつき、そっと唇を重ねてくる。傷に障らないよう、触れるだけの小鳥のキスだ。

その思いやってくれる気持ちが嬉しくて、凪の口元に微笑みがこぼれた。

「イリス様、大好きです」

突然の告白にイリスは驚いたように目を見開き、凪を見つめてくる。

「もう一度、言ってくれ」

「言えません」

「そんなことを言わず、もう一回だけ今の言葉を言ってくれ」

「い、や、で、す」

「かわいくないなぁ」

かわいげのない従僕をイリスは睨みつけた。それから唐突に、ポケットに手を入れる。

「忘れていた。眼鏡がないと不便だろう。前にかけていたのと同じ度数で、作ってきたよ」

細い銀縁眼鏡を差し出されて、驚きに声が洩れる。子供みたいな声だ。すぐに凪は口元を押さえたが、イリスは楽しそうに目を細め、笑っていた。

「へ、変な声を出して、すみません」

「どういたしまして。子供が宝物をもらったときの声だ」

そう笑われて、顔が真っ赤になってしまった。新しい眼鏡は洗練されていて、とても軽い。

「ありがとうございます。すごくすてきですね」

「前の黒縁が、変だったんだよ。あれでは凪のきれいな顔が見られない」

イリスは満足げに言うと眼鏡を凪にかけてやり、そのついでのように、またキスをする。

「もう、イリス様！」

「顔が真っ赤だよ」

そう揶揄われて、また頬が熱くなる。こんなことではいけないと、眼鏡をしっかりかけ直す。

（嬉しい）

（嬉しい。顔に出すなんて、はしたないとわかっている。けれど、つい頬がゆるむ。嬉しい嬉しい……、嬉しい）

新しい眼鏡のお陰で視界がとても鮮明で、世界が広がったみたいだ。

（これからは、自分も強くならなくては）

そうしていると、新たな思いが湧いてくる。

なにがあっても、イリスを守らなくてはならない。たとえこの身を盾にしても、愛しい人を一生守り抜いていかねばならない。

自分は、イリスの従僕なのだ。

彼のためにならいつでも、この命を投げ出そう。

今でもハッキリ覚えている。イリスの悲痛な叫び声。

『私の命を凪に譲ります。だから神よ、彼をお救いください。神よ……っ』

自分が油断していたから、いらない怪我を負ってしまった。イリスに悲しい思いをさせてしまった。自分が弱かったせいで。

あんな思いは、二度とさせない。どんなことがあっても、彼を守りたい。

そう、いつも笑っていてほしい。

悲しみや苦しみとは無縁の、美しい世界の中で。

そのためならば、ぼくは魂を売り飛ばしてもいい。

（退院したら、護身術と体術のレッスンを受けよう。車の免許も取らなくちゃ）

フレデリクが今回の一件で懲りてくれればいいが、その保証はない。それだけでなく、これから爵位継承をするイリスには、敵が増えていくはずだ。

（イリス様は、ぼくが守る。一生、……ううん。未来永劫）

そんなことを考えていると突然、イリスが不意打ちのように凪の頬にキスをした。びっくりして頬に手を当てていると、今度は額にキスだ。

「急に、どうしましたか……」

するとイリスは少年のような顔で凪を見つめ返し、それから小さく呟く。

「いや。白い入院服のせいか、きみが儚げに見えると思って」

「儚げだなんて、そんな」

そう言って俯く凪を、イリスは愛おしそうに抱きしめた。

「こんなふうにまた、きみを抱きしめられるなんて、夢のようだ」

「イリス様……」

「フレデリクの部屋で意識を失ったきみを見て、あのときは本当にもう駄目だと思った」

「ご心配をおかけして、申しわけありません」

その他人行儀な返しにイリスは、ちょっと目を見開いている。

（あ、またなにか変なことを言っちゃったかな）

凪がヒヤリとした瞬間、イリスは大きな声で笑い出し、凪を抱きしめてくる。いきなりだったので、びっくりして瞳を瞬いていると、また笑われる。

「……どうして笑うのですか」

「小グマみたいで、かわいいからだよ。まったく、たまらないな」

イリスはそう言うと凪の頬にくちづけて、さらに深く抱きしめた。そして髪に唇を触れさせると、香りを確かめるように大きく息を吸い込む。

「やめてください。ずっと髪を洗えてないんですから」

「気にしないよ。なんだか植物の香りがするみたいだ。……きみが動かなくなったとき、血の匂いしかしなかった。血にまみれたきみを抱きしめ、名を叫んだ。何度も、何度も」

たった今まで笑っていたのが嘘のような、昏い声だった。驚いて彼の顔を見ると、思いつめた表情をしている。

「凪、目を開けてくれ。神よ助けてくれと、何度も叫んだ。まったく情けない。私はなにもできず、リアムが呼んでくれた救急車を待つだけだった」

イリスの指先が冷たい。この冷たい手には覚えがある。

フレデリクに刺された凪を心配する、あの指だ。

イリスは眉を寄せ、凪の首筋に顔を埋めた。そして消え入るように囁く。

「……もう、あんな無茶はしないでくれ」

「イリス様、ごめんなさい……」

「絶対に、もう絶対に刃物を持った奴の前に、飛び出さないと約束してくれ。絶対にだよ」

「ごめんなさい。もう二度としません。約束します」

必死で鸚鵡返しに答えると彼はようやく俯いていた顔を上げた。そして、口元にうっすらと微笑みを浮かべる。そんなイリスの顔を見た瞬間、息が止まりそうになる。

自分の行動が、彼を苦しめてしまった。誰よりも大切なイリスに、なんてことをしてしまったのだろう。

「イリス様、ごめんなさい……っ」

自分のことで彼を悲しませたのだと思ったら、いたたまれなかった。

そのうち生きる者の定めとして、自分も死んでいくだろう。でもイリスを悲しませるというのなら、彼よりも一秒だけ長く生きていたい。

一秒でいい。死にゆくイリスを見送ったら、すぐにあとを追うから。

ほんの少しも、離れていたくないから。

しばらく抱き合ったあと、イリスは凪の顔を覗き込むようにして見つめてくる。そのとき、見慣れた万華鏡のような瞳が、凪を見た。

その光る瞳を見て、思わず言葉がこぼれ落ちる。

「きれい……」

「なんだい、急に」

唐突すぎる言葉にイリスが驚いていた。慌てて両手を顔の前で振ってみせる。

「ち、違いますっ。あの、イリス様の瞳が」

そこまで言いかけて口を押さえた。恥ずかしいからだ。

瞳がきれいだなんて、真顔で言えるわけがない。凪はなんとかごまかそうとする。

「あ、あの、イリス様の瞳が、ドロップみたいだと思って！」

「……は？」

「缶に入ったドロップキャンディ、知りませんか。あの中の緑色のドロップが、イリス様の瞳にそっくりなんです！」

自分でもなにを言っているかわからなくなって、膝に顔を埋めてしまった。

そんな凪の髪をイリスは撫で、音を立ててくちづける。

「凪は面白いな」

「いえ……、面白くはございません」

まだ顔を上げられない凪の髪を撫でながら、イリスは囁いた。

「もう、あんな無茶は絶対に許さないよ」

その言葉に顔を上げると、真摯な瞳をしたイリスに見つめられていた。

「二度と、もう二度と絶対に、あんな無茶は許さない。これは命令だ」

「はい……」

催眠術にかかったみたいに、ただ頷いてしまった。逆らうことなんか、できるはずがない。

きれいな、魔法みたいにきれいな万華鏡の瞳。

凪を捉えて離さない、この世の不思議を映した瞳。

ドロップと言ってしまったのは照れ隠しだけど、もしかすると彼の瞳は、舐めたら甘いのかもしれない。

きらきらしていて、とろりと甘く、そして、ひんやり冷たくて。

宝石に似た瞳を持つ愛しい人に、凪は蕩けそうな表情を浮かべて囁いた。

「ぼくはイリス様の虜《とりこ》ですから、逆らえません」

そう答えるとイリスは、『絶対に嘘だな』といった表情で、また微笑んだ。凪も同じように笑い、二人は抱きしめ合って、何度目になるかわからないくちづけを交わす。

唇を離すとイリスは夢見るような眼差しで、凪を見つめた。

「凪、きみは最高だ。私はきみに夢中だよ……」

その囁きを聞いて嬉しさに飛び跳ねそうになったが、あえて冷静を装って微笑む。

とことん食えない従僕だった。


お母さん。

倖せになりたかったのに、なれないまま死んでしまった、お母さん。

あなたは最後に、『神様なんか、いなかったわ』と悲しく笑ったけれど、違います。

神様は、いるんです。

どんなに苦しくても、この世を呪って絶望しても、生きている限り神様は私たちの心の中にいて、きらきら光る万華鏡のような力で、弱き者を救ってくれるのです。

愛する人がいる限り、永遠に。

人はそれを、希望という名で呼んできたのですから。

End

蜜愛ドロップス

きらきら煌めく万華鏡。

いろんな形が浮かんだり、弾けて消えて、また浮かんで光る。

消えて映って蕩けて消えて。夢の瞬き、光と色。

その名の通り、幾万もの花々を鏡の世界に映し出し、凪の心を魅了する。蕩ける光彩、幾度も見事に散っていく。

不可思議で艶《あで》やかな、永遠に続く世界だった。


「ん、んん……、んぅ……っ」

イリスの大きな背中にしがみつきながら、凪は何度も甘い声を上げていた。身体の奥に打ち込まれた大きな性器は、理性と身体を焼き尽くす。

「イリスさ、ま……、イリスさまぁ……っ」

「凪、またイリス様と言ったね。駄目だと言ったろう？」

甘い声で囁くのは最愛の人、イリス。

凪が命と引き換えにしてもいいと思った大切な主人であり、恋人である人。

そのイリスの固い性器を体内に受け入れた凪の身体が、びくびく蠢いた。無意識ゆえの動きだったせいで、強い刺激が二人の身体に走る。

「凪、ああ、いきなり酷いな。そんなふうに締めつけられたら」

「ちが、か、身体が勝手に……っ」

話をしただけでも微妙に響き、また淫らに痺れ始める。その陶酔しきった身体を強く抱きしめ、イリスは凪の体内に埋め込んでいた性器を、さらに深く穿つ。

「やぁ、ぁあああ……っ」

「ああ。ごめんね、凪がすごくきついから、気持ちがよすぎて奥に入ってしまったよ」

優しい声で謝りながら、イリスの身体は動きを止めなかった。

確信犯的な男の行為を怒ることもできない。

愛しているから、怒るはずもない。卑猥なことを言われても、愛おしさばかりが募ってくる。濡れた音を立てて抽送されて。凪の唇から甘い声がほとばしる。それは聞く者の心まで蕩かせる、妖しい声音だ。

「イリ、ス、イリス……。ああ、やだぁ……」

淫靡な感覚に酔いながら、必死で愛しい人の背中に縋りつき、自らも懸命に腰を動かした。イリスの快感のためというよりは、もう自分の悦楽のことしか頭にないようだった。だが、彼はそんな凪を、目を細めて見つめている。

「凪、気持ちいい？」

耳朶を甘噛みされながら尋ねられて、朦朧《もうろう》とした頭で必死に頷いた。

「それじゃ駄目だよ。ちゃんと答えて。気持ちいいの？　それとも、よくない？」

意地の悪い質問に答えたくても身体が痺れすぎていて、もうしゃべることもできなかった。

「あ、……い、いい……っ」

「それでは答えになっていない。どこが、どう気持ちいいのか答えなさい」

そう囁くと、イリスは腰を捩じるようにして挿入を深めた。その途端、凪の唇から甘い吐息がこぼれ落ちる。

「あ、ぁぁあ、はいってる、はいっているとこぉ……っ」

「なにが、どこに入っているか。ちゃんと説明しないとわからないよ」

卑猥な睦言に逆らうことができない。このままだと、淫らなことを口走りそうだ。

(声……、声が洩れる、洩れちゃう……)

「や、ぁ。……あ、あぁ……っ、もう、もう、やだぁ……」

凪はそう呻くと、口を手の甲で押さえた。だが、イリスはそれが気に障ったのか、凪の両手首を摑むと、顔の脇へと押さえつける。

「え？　……え？」

「どうして声を抑えるの。私は凪の泣き声が聞きたいんだよ」

「そ、そんな、のやだ、やぁ……」

「嫌でも。きみが嫌でも、聞かせてもらう」

唇で瞼を舐めながらそう囁くと、イリスはさらにまた深く突き上げてくる。

「ぁあ、ぁあ。ぁあぁ……っ」

淫らな音が響いて、自分の中に挿入された男の性器が大きくなるのがわかった。その固いものので内壁を擦り上げられて、甘い悲鳴がこぼれる。

「凪、ああ、また締めつけている。どうしてそんなに淫らなんだ」

耳朶を噛むようにして囁かれて、必死で頭《かぶり》を振る。

そんなことはしていない。いやらしいことなんかしていない。していない。……していない。

「ち、ちが、ぁああん……っ、あぁぁん……っ」

否定したくても唇からこぼれるのは、甘ったるい声と吐息ばかりだ。

イリスは淫蕩《いんとう》な表情を浮かべながら、涙が浮かんだ凪の目尻にキスをする。そのまま舌先を伸ばして、泣き濡れた眼球を舐めた。いつかもされた、イリスのくせだ。

「ぁあ、ああ、イリス……」

「とろとろだ。こんなに甘いものを、誰にもやらないでおくれ」

そう囁くとイリスは凪の太腿を抱え直し、淫らに腰を突き上げ間断なく突き上げてくる。

「ああ、イリス、イリス……、すき、すきぃ……っ」

激しすぎる快感に、いつしか愛しい男の名を呼び捨てていることにも気づかず、凪は必死で男の逞しい背にしがみついた。

固く目を閉じると、目の裏がちかちか光る。万華鏡のように。

（そうだ。これは、万華鏡だ）

ぴかぴかヒラヒラ、とろとろ、とろりん。

イリスの瞳と同じ絢爛。この世にない、紛《まが》いの煌めき。

とける。とろける。とけちゃうよ。

「やぁぁ、ああああんんん……っ」

イリスの身体にしがみつき、凪が性器から白濁を飛び散らせた。

「凪、ああ、くそ、いくぞ……っ」

少し苛立ったように呟く彼の声に凪が大きく身体を震わせると、その妖しい痙攣に引きずり込まれて、イリスも身体を固くこわばらせる。

次の瞬間、彼も凪の体内に熱い精液を撒き散らした。

「ああ、ああ……っ」

身体の奥深く、粘膜の襞に沁みていくイリスの情熱。

凪は朦朧としながらも彼にしがみつき、何度も濁流に翻弄されていく。

きれいでこわい、きらきらの波の果て。

イリスの瞳に宿る、夢幻の欠片。

この美しい光を一生、愛し続ける。そう凪の心の奥で誓いながら、ゆっくりと安らかな眠りへと落ちていった。

愛する人の腕に抱《いだ》かれながら、子供のように幼い寝顔のままで。

□□□

翌朝、目覚めた凪は、大きな寝台の上で跳ね起きた。

「え？　あ、朝？」

大きな窓はカーテンが下げられたままだったけれど、薄く洩れる朝日の明るさと小鳥の鳴き声が、朝の訪れを凪に知らせた。

「しまった！　寝過ごしたっ！」

昨夜恋人の胸に抱かれたまま眠ってしまった凪は、いつもなら起きて働いている時間にも間に合わなかったのだ。従僕としては明け方に起きて着替えをすませ、朝日が昇る頃には主人の朝食を整えていなくてはならないのに。

寝台から跳ね起きようとして、隣にいるはずのイリスの姿がないことに気づく。

「イリス様？」

普段、どんなに凪が朝早くに飛び起きても、イリスは眠そうな顔をしながら必ず隣にいて目を覚まし、優しい笑顔を見せてくれたのに。

寝台の中は、からっぽ。

浴室に入っているのだろうか。いや、水音がしない。なにより、寝台の中は凪の体温しかなく、本来の主が寝ていた痕跡がないのだ。

「……イリス様、どこですか」

不安になってくる。胸がどきどきして、頭の中で鼓動が響く。

(あのときと同じ。……病院で目覚めたときと同じ)

両親が起こした事故のあと、目覚めたのは病院だった。

病室の中は誰もいなくて、点滴の管が下がっているのが見えた。父も母もいなかった。

それも当然で、最愛の人たちは物言わぬ骸に変わっていたのだから。

「イリス様、……イリス」

彼の姿がないだけで、不安な気持ちが込み上げてくる。

こんなふうに考えるとは、おかしい。きっとなにか用事があって、先に起きただけ。頭の片隅では、冷静な凪自身の声が響いた。

だけど、理性を抑えられれいほどの不安が、気持ちを支配する。

寝台から飛び起きようとしたが、自分がなにも身に着けていない全裸であることに気づき、思わず躊躇する。だが、そんなことに構っていられないと思った瞬間。

「凪、もう起きたのかい？」

天井まである扉が開かれ、そこから愛しい人が入ってきたのだ。

「イリス、……イリス……っ」

凪はそう言うと、そのまま毛布の上に突っ伏してしまった。イリスは大きな歩幅で近づくと、手にした銀のトレイを、寝台の足元に置いた。

「どうした。なにをベソかいているの？」

「イリスが、……イリスが、いなくなっちゃったから」

あどけない声が出てしまったけれど、止めることができなかった。

そんな凪を痛ましい眼差しで見つめた彼は、凪の隣に腰をかける。そして、青ざめている恋人の頬に触れ、ちゅっとキスをした。

甘くて優しい、恋人のくちづけだ。

「どこにも行くわけがないだろう。私は、きみの傍で生涯を終えるんだから」

イリスはそう言うと、ふたたびキスをしようと凪の顎を持ち上げる。だが凪は頭を振り、何度も瞳を瞬くと正気を取り戻す。

「生涯を終えるって、なんですか！　死ぬなんて言わないで！」

「おお、びっくりした。急に普通に戻るようになったなぁ」

イリスは、どこか面白がっているように囁き、また凪の頬にキスをした。

「さて、お腹が減ったろう。食事を持ってきたよ」

そう言うと寝台の足元に置いておいた脚付きトレイを、凪の太腿の上に設置する。その上にはサンドイッチが乗った皿と、温かいミルクが入ったカップが乗っていた。

「わぁ。…あ、でも、ぼくは下に行って仕事を……」

「大丈夫。きみは私の部屋で調べ物の手伝いをしていることになっている。オーガスタにも、ちゃんと言ってあるよ」

なんとも用意周到な言葉に唖然としていると、イリスはカップを手に持たせてくれた。

「さぁ、どうぞ」

「ありがとうございます。こんな朝早くから作ってもらうなんて、すみません。あとで料理長にもお礼を言っておきます」

イリスやその弟リアムのために存在する料理長の手を煩わせてしまったのだ。申しわけない気持ちになる。それに寝台で食事をするなんて、入院していたとき以外では、凪自身は生まれて初めての経験だ。

なんとも罰当たりな気分だったが、言われるままカップに口をつける。ほんのりと甘いミルクは、とても優しい。

「サンドイッチもどうぞ」

にこやかに進められて、小さくカットされたサンドイッチを口に入れた。そのとたん、とても馴染みのある味が口腔に広がる。

「これ……」

チーズと蜂蜜。

いつだったかリアムに作ってあげた、あのサンドイッチだ。びっくりした顔でイリスを見つめると、彼は悪戯っ子の表情を浮かべている。

「リアムに聞いたのだけど、このサンドイッチは、きみにとって特別なものなんだってね。だから、見よう見まねで作ってみた」

「見よう見まねって、……まさかこれ、イリス様が」

泣きそうな声でそう言うと、イリスは凪の唇に音を立ててキスをした。

「学生時代は、よく作ったよ。でも、チーズと蜂蜜って斬新な組み合わせだよね」

そう囁かれた瞬間、凪の両目から涙が溢れ出す。

イリスは泣き顔になってしまった凪を見ても、驚くことはなかった。

「きみの涙は甘いよね。舐めてもいい？」

そう言ったくせに、凪の答えなど聞かないうちに瞳に舌を延ばした。そしてペロッと雫を舐めてしまう。身を引く暇もなかった。

「な、なにを……」

「きみの涙は、蜜の味がする。きみが言っていたドロップって、こんな味かもね」

そう囁くと、ふたたび凪の眦にキスをしてくる

「かわいくて甘い、世界に一つしかないドロップだ」

そう言うと凪の身体を抱きしめて、深々とくちづけた。

「ま、待って、あ……」

「待たないよ。……待ちたくない」

抵抗なんかできるはずもなく、凪は愛しい男の身体を抱きしめる。手にしていたサンドイッチが落ちてしまったけれど、夢中で抱き合っている二人が気づくわけもない。

きらきら煌めく万華鏡。消えて映って蕩けて消えて。夢の光と色。

凪の心に開く、万華鏡。それはイリスの瞳と同じ。自分は、この瞳から逃げられない。

それはきっと、万華鏡の呪縛。いつまでも捕らわれていたい迷宮。

End

あとがき

弓月です。このたびは拙作をお手にとってくださいまして、ありがとうございました。

今作では、明神翼先生にイラストをお願いすることが叶いました！

明神先生とは以前、『嘘つき紳士は、かく語りき』という本で、お仕事をご一緒させていただきました。その本で攻さまが燕尾服を着るシーンがありまして、フォーマルオタの私の心に、きれいに入ったクリーンヒット。しばらく夢見心地になったぐらいです。

今回も夜会のシーンでは、もちろん攻様であるイリスに燕尾服を着せました。

そして担当様に、「ぜひ燕尾服を着たイリスをイラストしてくださいっ」と、かつてないほど熱くお願いしました。私にイラスト指定する権限はありません。職権乱用も甚だしいのです。

ですが皆様も、ご覧になりたいですよね！　明神先生の描く燕尾服をっ！

作中、ツンデレ眼鏡っこの凪やエロかっこいいイリス、それにかわいいリアムが、ごく当然のようにカッコよく、かわいく描かれております。でもこれは当然でなく、明神先生の技術と才能があってこそ！　これは本当にミラクルです。もうもう、骨の髄まで堪能させていただきました（私が堪能してどうする…）。

明神翼先生。今回も素晴らしい作品を、ありがとうございました！

今回、担当様には何度も「これって書いちゃっていいですか」的な確認をしました。書いている間はなにかと不安がつきまとうものですが、ここまで何度も確認のメールや電話をしたのも、初めてだと思います。特に不安だった、ちび凪の漏れシーン。読者さんに引かれちゃうかなぁとご相談したところ、「9歳ならギリオッケーです！」と元気よくおっしゃっていただいたので、調子よく書いてしまいました。お手数をおかけして、申し訳ありませんでした。

営業、製作、製造、販売、この本に携わるすべての皆様。いつもいつも、本当にありがとうございます。皆様のご尽力があって、初めて読者様に本が届きます。お礼を申し上げる機会がありませんが、いつも感謝しています。今後とも、よろしくお願いいたします。

そして読者様。ここまで読んでくださって、ありがとうございます。

今回のお話、いかがでしたでしょうか。冒頭のシーンは私自身、書いていてちょっと泣きが入りましたが、苦しくても幸せになりたい、いや、必ずなれるという話です。

そんなに都合よく物事が動くわけがないと思う反面、現実世界は嫌というほど辛いことばかりなので、読書するときは幸せでいいじゃんとも思うのです。

別の本にも書きましたが、イライラしたから弓月の本でも読んで憂さばらしして寝るわー。

明日も早いけど頑張るわー。そんな感じで読んでいただけたら本当に光栄です。

今年は初めての本を上梓してから十年目。十周年になります。

まさか自分が十年も書かせていただけるとは、夢にも思っていませんでした。

これもすべて読んでくださった読者様と、呆れながらもお仕事をくださった編集様、営業様のお陰です。ありがとうございました。今後とも、よろしくお願いいたします。（ちゃっかり）

これからも、できるだけ穏やかに淡々と、しかし坦々と耽々とトリプルタンタンで小説が書けていければと思います。

生まれ変わった弓月を見てて！　いやもう本気で。

そんな感じで、またお逢いできることを祈りつつ。

弓月　あや　拝

こんにちは、明神翼です☆ミ
「万華鏡ドロップス」、とても
可愛いステキなお話で楽しく
イラストを描かせていただきました✿
弓月あや先生、キュンとくる切ない
感動と萌えをどうもありがとう
ございました！　凪がいい子すぎてもうっ…♥

みょうじんつばさ☆

ダリア文庫

弓月あや
Aya Yuduki
北沢きょう
ill. Kyo Kitazawa
夜の泉の、ラプンツェル
私はあなたにとって王子？
それとも悪い魔女かな…。
新進気鋭の絵師・四条周は、卑しい出自と四条子爵家との確執から、腹違いの弟・貴臣への想いを隠し生きてきた。ある日、貴臣から西洞院公威を紹介されるが、周は無下に扱う。しかし、周の弟への恋情に気づいた公威に、口止めとして身体を要求され…。

✽ 大好評発売中 ✽

初出一覧

万華鏡ドロップス……………………………………… 書き下ろし
蜜愛ドロップス………………………………………… 書き下ろし
あとがき ……………………………………………… 書き下ろし

ダリア文庫をお買い上げいただきましてありがとうございます。
この本を読んでのご意見・ご感想・ファンレターをお待ちしております。

〒170-0013 東京都豊島区東池袋3-22-17　東池袋セントラルプレイス5F
(株)フロンティアワークス　ダリア編集部
感想係、または「弓月あや先生」「明神 翼先生」係

万華鏡ドロップス

2016年9月20日　第一刷発行

著　者

弓月あや

発行者

辻 政英

発行所

株式会社フロンティアワークス
〒170-0013 東京都豊島区東池袋3-22-17
東池袋セントラルプレイス5F
営業　TEL 03-5957-1030
編集　TEL 03-5957-1044
http://www.fwinc.jp/daria/

印刷所

図書印刷株式会社